목심

목심

양 전 형 장편소설

자아의 욕망이 경이로울 만큼 가득 차 있고
남은 미련이 산더미 같다 하더라도
죽음 앞에선 한갓 허무일 뿐이겠지만,

자기 목숨의 끝이 언제라고 정해졌을 때 사람들은 남은 생을 어떻게
행동할 것인가? 하고 이 소설이 세상에다 던지고픈 질문이기도 하다.

좋은땅

1.

따뜻한 피를 온몸에 돌리며 살아가는
사람들의 심장을 읽어 내고 싶었다.
이 소설 속 모든 시공과
상황설정마다 읽히는 스토리를
나 혼자 생각으로 꾸미며 옮겨 쓰다 보니,
이 작품 속에 등장하는 모든 캐릭터가
어쩌면 '나'일지도 모른다는 생각이 들곤 했다.

2.

자아의 욕망이 경이로울 만큼 가득 차 있고
남은 미련이 산더미 같다 하더라도
죽음 앞에선 한갓 허무일 뿐이겠지만,
자기 목숨의 끝이 언제라고 정해졌을 때
사람들은 남은 생을 어떻게 행동할 것인가? 하고
이 소설이
세상에다 던지고픈 질문이기도 하다.

3.

제주 땅과 제주 문화와

제주 사람을 담아내고 싶어서

온전히 제주어로만 갈겨쓴《목심》을

2021년 6월 한정판으로 발간했었다.

장편《목심》을

사람에 대한 지칭과 호칭,

그리고 끝말 첨사 일부를 제주어로 남겨 두고

약간의 내용 가감과 함께 표준어로 풀어 보았다.

1. 목숨 본능

이튿날 점심 무렵.

준기가 좋아하는 소주 한 병에 오메기떡 다섯 개와 종이컵 두 개에 다 참치캔 하나를 사 들고 용강동 목장에 있는 공동묘지를 찾아가면 서 두꺼운 잠바는 입었지만 가벼운 차림으로 나섰다. 눈이 많이 묻어 차를 운전하기도 어려웠고 준기와 술 한잔 대작하면 아무래도 차를 운전하지 못할 테니까 드문 버스에 겨우 시간을 맞추고 용강 마을에 내려서 비탈이 심한 목장길을 걸어 올랐다. 미끄러움에 몇 번 비틀거 리며 휘청이기도 하면서 삼십 분쯤 올라가니 단정하게 잘 정리되고 눈이 덮인 무덤들이 가득 보인다.

이런 날에도 장례를 치른 듯 한편 구석엔 사람들 발자국이 많이 얼크러져 있고 망자의 친척들이 남아 모닥불도 피웠던 모양이다. 많이 그을린 낡고 부서진 자그마한 대그릇에서 가느다란 연기도 나오고 있다. 일구는 머뭇거리지 않고 준기의 묘비 앞에 가서 손발로 눈을 헤치며 잔디 바닥이 나오도록 한 후, 떡의 비닐봉지를 찢고 참치캔도 열어 놓고 주머니에서 라이터와 향나무 쪼가리를 꺼내 불을 붙여 바닥에 놓은 후 종이컵에 술 한 잔 가득 비워 올린 다음 큰절을 두 번 했다.

"준기 삼촌! 그 속에는 안 춥지양? 오랜만에 와서 미안합니다. 앞으론 자주 오겠습니다예."

일구는 혼자 중얼중얼하며 다른 종이컵에도 술을 가득 비운다.

"자, 삼촌, 한 잔 하시지요." 하고는

자기 손에 든 잔을 꿀꺽꿀꺽 단숨에 마신다.

"준기 삼촌! 저 어떡하면 좋을까요? 죽을 날이 오 년은 남았는데도 무언가가 날 자꾸 쫓아오는 것 같아서 미치겠습니다게."

그때다.

"까옥, 까옥!"

"캉, 캉!"

부피가 꽤 큰 봉분들 사이로 까마귀들이 떼를 지어 날아오고 들개 대여섯 마리가 눈을 헤치면서 달려오는 게 아닌가.

"아이쿠, 저게 뭐꼬게?"

우물쭈물하는 사이 개들과 까마귀들이 앞에까지 거의 다가왔다.

그랬다. 이곳에서 장사를 치를 때마다 까마귀와 들개들은 남거나 버려진 음식들을 주워 먹으며 이 주변에서 살아가는 것이다. 먹을 것이 나왔다고, 사람들이 많으면 멀리서 눈치 보며 기회를 엿보다가 사람들이 가 버리면 음식을 찾아 먹는 것이다.

그런데 지금은 배도 고프고 사람도 하나뿐이다. 담기가 꼿꼿이 선 짐승들이 한 사람쯤은 무섭지 않은 모양이다. 까마귀 두 마리가 준기의 무덤 위에다 앉더니 "까옥, 까옥." 소리 지른 후에 발톱으로 눈을 긁어 댄다. "캉 캉!" 까만 개 한 마리가 일구를 향하여 짖는다. 덩치가 큰 하얀 개 하나도 으름장인 듯 크르릉거린다. 서너 마리 다른 개들은 허공을 보며 그냥 짖어만 대는 게 아마도 먼저 나선 개들을 응원함으로 그러는 것 같았다.

"아뿔싸, 큰일 났네. 손에 몽둥이라도 하나 들고 올걸."

등골이 오싹하다. 식은땀이 나며 심장이 쿵쿵거린다. 이것들이 꼭 자기를 공격할 것 같은 생각에 엄청난 공포가 밀려든다.

〈제주양공 학생 준기 지묘〉

준기의 묘비가 눈으로 들어온다.

"일구야, 빨리 도망쳐라게!" 하는 것 같다.

얼른, 일구는 앞에 있는 빵 조각과 참치캔을 멀리 던지며 사냥꾼들이 사냥개에게 총 맞고 떨어져 숨은 꿩을 가리키듯 "칙, 칙칙!" 소리쳤다. 까마귀와 들개들이 모두 그쪽으로 달려간다. 다투면서들 먹는다.

"이때다."

일구는 힘껏 달리기 시작했다. 묻은 눈이 많아서 뛰기가 힘들어도 달리다 넘어지고 달리다 넘어지고 미끌려 넘어지고 하다 보니, 공동 묘지 출입구 쪽이 아닌 반대편 골짜기로만 가게 되는 것이었다.

"캉 캉!"

"까옥 까옥!"

개와 까마귀들이 쫓아온다.

"안 돼, 살아야 돼!"

눈에 빠진 오른쪽 발을 드는 순간 왼쪽 종아리가 차갑다. 돌아보니 어느 사이에 따라왔는지 몸피가 제일 큰 하얀 개가 일구의 종아리를 물고 있다. 너무 깊이 물어서 개의 송곳니가 뼈를 건드린 모양이다. "이 개새끼!" 오른쪽 뒷발로 개의 머리를 힘껏 찼다. 머리를 직통으로 맞은 개가 "커억!" 하며 떨어져 나간다.

"살아야 한다." 물린 종아리의 아픔 따윈 아무것도 아니고 그저 "살아야 한다!"는 생각밖에 나지 않았다. 달렸다. 무조건 달렸다. 그런데 다시 깊은 눈에 발이 빠지면서 앞으로 엎어진다. 이번엔 등허리 쪽이 차갑다. 보지도 않고 뒤쪽을 팔꿈치로 세게 박고 보니 까만 개가 뒤로 나자빠진다. 다시 일어나서 달렸다. 개들이 눈 위를 껑충껑충 뛰면서 쫓아온다. 하늘 위엔 까마귀들이 "까악 깍" 소리치며 날아온다.

죽자 살자 뛰다가, 경사진 곳에서 발이 미끄러지며 몸이 뒹굴어 간다. 아무거나 잡아 보려고 허우적거려도 허공만 잡힌다. 그렇게 뒹굴어 가다 보니 깊은 골짜기 바닥에 다다라서 저절로 멈추었다. 뒤돌아

보니 높은 동산 위에서 개들이 이쪽을 향하여 캉캉 짖고 있고 까마귀들은 하늘 위를 빙빙 돌기도 하고 주변 나뭇가지에다 주렁주렁 매달리며 파닥파닥한다.

언제 저것들이 다시 덤벼들지 모른다. 안전한 곳을 찾다 보니 잡목 숲 사이에 앙상한 가시덤불이 있고 그 속에 큰 조록나무 몇 그루가 포근한 모습을 보여 준다. 수풀 진 곳이라 눈이 많이 묻지 않아 일구는 거기에 들어가려 마음먹고 그 덤불을 손으로 헤치며 들어가는데 두꺼운 잠바 속으로 가시들이 꼭꼭 찌르고 손과 손목이 볼 나위 없이 긁히고 찢어진다. 그 조록나무 아래 들어서서 보니 온몸에 피가 홍건하고, 뒷다리와 등허리 그리고 여러 곳이 따끔따끔 아프다.

다행히 동산 위에 있는 개들은 아래로 내려올 기미가 없었고 까마귀들도 주변만 맴돌 뿐 사람이 살아 있으면서 움직이는 게 보이니까 그 가시덤불 쪽으론 오지 않는다.

"어떻게 해야 하나…." 무엇이라도 해야 한다. 주변에 있는 눈과 나뭇잎들을 치워 본다. 무기가 될 만한 굵은 나무막대기나 돌멩이 하나라도 손에 쥐어야 한다. 이리저리 손을 휘젓는 사이 뭔가가 만져진다. 굵은 막대 같다. 잡아당겼다. 길다. 가지가 많은 굵은 나뭇가지인 모양이다. 더 힘을 내서 잡아당겼다.

순간,

"헉!"

비명인지 한탄인지 모를 소리가 나오며 손에 잡혀 있는 건, 뼈만 앙상한 사람 유골이었다. 더 이상 아무 소리도 안 나오고 이빨이 닥닥 부딪치고 온몸에 소름이 쫙 돋으면서 사시나무처럼 달달달 떨린다. 누군가 자기처럼 이 속에 들어왔다. 죽고서 움직이지 못하니까 까마귀들이 눈과 살을 모두 파먹어 버린 것이라 생각이 들었다.

그 옆에선 자루가 부러진 숟가락과 깨진 물바가지가 고개 들며 나온다.

눈물이 나왔다.

"아, 어머니!"

왜 이 순간에 어머니를 부르게 되는지, 자기가 불효했던 어머니가 이리도 그리운가.

"어머니 제가 잘못했습니다."

막연하게 자기의 불효를 실토하며 후회하듯 "어엉 엉, 엉엉." 큰 소리로 우는 일구.

눈 속에 들어 있는 눈물이 다 짜질 만큼 한참을 울었다.

머리를 드러낸 유골이 뚫어진 눈으로 가만히 보고 있다. 그 유골을 보면서 "어머니, 다시는 그러지 않겠습니다." 밑도 끝도 없이 자신도 모르게 빌고 있었다. 누군가가 "무엇을 잘못했는데?" 들으면 자기도 대답 못 할 온갖 후회가 밀려드는 것이었다.

높은 동산을 올려다봤다. 개들은 그냥 이쪽을 보고만 있고, 동산 너머로 보여 오는 구름 사이 준기가 손을 흔드는 것 같다.

"일구야. 살아야지게." 하는 것 같았다.

"맞다. 살아야지. 아, 내 휴대폰!"

갑자기 휴대폰 생각이 난다.

"맞아, 휴대폰이 있었지."

두꺼운 외투 주머니 양쪽 다 뒤져 본다. 없다. 준기의 산소에서 향불에 쓰다 남은 향나무 가지만 만져진다. 아까 도망칠 때 떨어뜨린 모양이다. 아…. 눈앞이 캄캄하다. 골짜기라 벌써 햇빛은 거의 없어져 가고 얼마 없어 어두워질 듯하다.

"그래도 오 년이나 남았는데 여기서 죽어야 하나? 캄캄해지면 나는 끝이다."

다시 고개 들고 이리저리 살폈다.

"아, 저기!"

이 가시덤불 속으로 들어오기 전에 엎어져 있던 곳에 뭔가 거무스름한 게 보인다. 휴대폰인지도 모른다는 생각이 들었다.

가시덤불을 힘들게 기어 나와 보니 다행히도 자기 휴대폰이었다.

"아, 살았다."

다시 덤불 속으로 들어가서 휴대폰을 열었다. '1%!'가 깜빡거린다. 금방 정지되어 버릴지도 모른다. 얼른 '112'를 눌렀다. 그리고 나서 신호가 가는지 귀에 대는 순간에 휴대폰 불빛이 사라진다. 꺼지고 만 것이다. 막막했다. 바닷가에 들어찬 바닷물처럼 가득한 외로움이 출렁인다.

"아 씨발, 인간 강일구가 이렇게 죽는구나. 아, 애석하다."

그래도 한번 소리쳐 보자. 세상한테 날 살려 주시라고 소리나 질러 보자. 일구는 온힘을 다해서 소리를 질렀다.

"여보세요~ 여기요~ 사람 살려 주세요~"

골짜기라, 또 다른 일구의 소리가 "살려 주세요~" 메아리친다.

"여보세요~ 사람 살려 주세요~~"

"캉, 캉, 캉캉~"

이번엔 개들이 짖는 소리가 골짜기에 여러 겹으로 울려 퍼진다.

죽기 살기로 동산 위에 올라가서 달려 볼까 하는 생각도 났지만 몸을 움직이기가 힘들다. 춥고 달달 떨리고 나갈 자신도 없다.

그런데 졸린다. '무정 눈에도 잠이 온다'라고 하듯, 이런 경우에도 졸립긴 하는 모양이다. 졸음이 마구 쏟아진다. 온몸에 따끔따끔하던 통증도 쿵쿵 뛰던 심장도 이 졸음 앞에서는 다 뒷전으로 물러나는 것이다.

"우리 집 마당에 동백꽃은 발갛게 피어 있던데 그 옆에 있는 히아신스가 핀 걸 못 보고 나왔군. 이 눈 녹을 즈음에 히아신스가 '봄이 왔어요' 하며 피어나는데…. 아, 곱고 향기 짙은 우리 히아신스!" 졸음 앞에서 자기 집 마당이 나와 펼쳐지는 듯하다.

비몽사몽간에 준기가 보인다. 속이야 못 견디든 어떡하든 간에 웃으며 말하던 모습.

"일구야, 내 말 들어 볼래? 집 나간 내 아내는 스물셋 철없을 때 나에게 왔는데, 내가 동백꽃을 제일 좋아한다고 하니까 자기도 동백꽃을 엄청 좋아하노라고 속삭이듯 미끄러운 말로 나에게 매달리며 시집을 오더니, 집을 나갈 무렵엔 까끌까끌 퉁명스럽게 하는 말이….

'동백꽃은 향기가 별로 없지양? 준기 오빠가 시를 쓰는 게 정말 멋있게 보일 땐 동백꽃이 그렇게 고와 보이더니, '시'는 쌀통도 채워 주지 못하고 뭐라고 말하는지 어지럽기만 해서 이젠 읽고 싶지도 않아 마씀.'

이렇게 내 가슴 찌르고 비틀어 꼬며 말하드라고. 내 맛이 변해 버렸다는 이야기지. 하하하. 그러면 이젠 어떤 꽃이 좋아? 물어보니까, '히아신스가 제일 좋아요. 히아신스는 정신이 몽롱해질 만큼 향기가 좋지요?' 하드라고.

일구야, 그러니까이. 내 시 속엔 향기가 전혀 없다는 말로 들려서 쓰디쓴 내 가슴에 불똥만 남은 것 같고 한동안 글을 안 쓰기도 했었지. 아마도 우리 각신 히아신스가 엄청 핀 집에 갔을 거야. 하하하. 자네네 마당 구석에도 해마다 히아신스 하나가 불그스름하게 피는 게 보이던데 그거 잘 살피면서 키우시게. 그거 없으면 각시를 잃어버릴지도. 하하하."

준기가 웃음소리와 함께 사라진다.

"까옥, 까옥!"
"캉 캉!"
개들과 까마귀들이 '너 얼른 죽어라' 하듯 짖어 대는 소리가 골짜기

를 가득 메우는데,

"살아야 한다! 살아야 한다!"

살아야 된다는 일구의 생각 속으로 잠이 무게 있게 슬슬 들어선다.

일구의 온몸에 들어선 잠은 일구를 데리고, 일구의 추억 중 가장 먼 곳으로 데려간다.

2. 탄생과 청소년 시절

일구 아방도 한량이었다. 마을에선 알아주는 한문 선생이고 농사를
짓는 밭도 많은 촌부자였다. 1950년대, 그땐 결혼도 하고 자식들이 있
으면서도 돈냥 간이라도 쥔 남자들은 한량들끼리 어울려서 술도 먹고
놀음도 하고 이리저리 휘저어 다니며 과부들을 꼬시며 다니는 시절이
라 제주섬 안엣 살림살이들이 '일부다처'가 보통이었다.

일구 아방과 어멍도 그중 하나다. 일구 어멍도 그 젊은 나이에 혼자
살기가 어려웠을 거다.

'남들이 다 하는 것처럼 누군가를 의지하고 살아야 한다.'고 생각했
을지도 모른다.

일구 어멍은 나이 서른에 청상과부가 됐다.

4·3과 6·25를 지나며 전 남편을 잃고 혼자 살아가야 하는 세상을

만나게 된 것이다. 일구하고는 성이 다른 네 살짜리 딸 하나 데리고 나서서 이런저런 날일로 살다가 나중엔 어느 시장통에서 쌀장사를 하게 되었다. 쌀뿐만 아니라 콩이나 팥이나 여러 가지 잡곡들을 도매하고 와서 파는 장사다.

겨우 먹고살 만큼 지내다가 일구 아방을 만났다. 그 무렵 제주섬 안에는 젊은 과부들이 상당히 많았다. 4·3과 6·25 때 남자들이 많이 죽었기 때문이다. 사람들이 먹고살려면 별별 자잘한 일이라도 해야만 할 때였는데, 살아남은 남자들은 그 넘치는 여자들을 구원해 준 건지 자기 욕심을 채운 건지는 누가 뭐라 대답을 하랴.

일구 아방이 일구 어멍을 어떻게 꼬셨는지는 몰라도 하여간에 일구를 세상 바깥으로 나오게 만들었다.

그래도 오라동에 사는 일구 아방은 분명한 자기 새끼가 세상에 나오게 되니까 일구 어멍에게 시장통 쌀장사를 그만두게 하고 오라동으로 데리고 와서,

"일구 어멍, 여기서 일구 데리고 스스로 알아서 벌어먹으며 살게나? 내가 날마다 먹여 살리진 못할 테니⋯."

이렇게 말을 하면서 낡은 아홉 평짜리 초가집과 그 옆에 붙은 다섯 마지기 텃밭을 주며 거기서 농사를 지으며 살게 하였다.

아방은 본처와 살면서 군식구들을 집에다 들여놓지 못하겠다는 말이고, 일구와 일구 어멍이 살아가는 건 자기들 책임하에 살아가라 한 것이다. 그러니 일구는 평생 동안 아방과 함께 한집에서 살아 보지 못

하였고 어멍이 나중에 난 누이들하고만 살아온 거다. 어멍은 아들 일구를 무척이나 아껴 가며 키웠지만 살림이 어려웠기 때문에 제대로 먹이지도 못하고 공부도 잘 시키질 못했다.

그 보릿고개 세상이 항상 대기하던 시절, 머리가 조금씩 커 가니 일구도 친구들과 붙어 다니며 못된 짓도 하게 되고 어멍을 조금은 못 견디게 하기도 했지만 일구는 그렇게 엉뚱한 아이도 아니었고 옹고집하지도 둔중하지도 않았고, 옹졸하지도 않으면서 천성이 착하고 순한 아이였다.

어렸을 적이다. 어멍과 한방에서 자는데, 오밤중 뭔 소리가 나서 눈 떠 보면 어둑한 방에 아방이 와서 어멍과 소근거리는 걸 몇 번 봤다. 자신은 구석 쪽으로 밀려져 있고…. 아주 가끔 생기는 일이기도 하지만 그때마다 일구는 다시 잠들기가 어려워서 눈만 끔뻑끔뻑하면서도 돌아누워 자는 척해야만 했다.

그렇게 하여 생긴 누이들의 업저지 역할은 일구 몫이었다.

어멍이 남의 밭에 김매러 가기도 하고 여러 가지 품삯을 벌려고 어린 동생을 업고 나가더라도 큰동생 보살핌은 일구 몫이라서 국민학교 때 일구는 업저지 역할 때문에 학교를 못 가는 날이 많았다. 오죽했으면 학교에 가고 싶어서 다섯 살 난 큰누이를 데리고 학교에 가서는 운동장에서 놀고 있으라 해 놓고 교실에 갔는데, 누이 걱정 때문에 운동장 쪽으로만 자꾸 쳐다보게 되니 공부가 될 리 없었다.

"어~ 쏘어나라! 쏘어나라!"

일구가 일곱 살쯤에 어린 누이 하나가 죽었다.

그땐 병원이 있었는지 없었는지 모르지만 병원이나 약은 생각하지도 못할 때였다.

무슨 병인지도 모르고 심하게 아파서 시들시들 시들어 가는 아기를 앞에 눕혀 놓고 자그마한 종을 손에 들고 딸랑딸랑 소리를 내며

"아이고 할마님, 할마님 손주 살려 주세요. 아픈 거 얼른 낫게 해 주세요."

이렇게, 무당이 애원조로 기원을 시작하면 일구 어멍은 그 옆에 꿇어앉아서 양손 싹싹 비비며 아기 쪽으로 고박고박 절을 하곤 하였다.

"어~ 쑤어나라! 쑤어나라!"

'쑤어나라'가 죽을 쑤는 건지 뭔지는 몰라도 그 모습들이 일구 눈 속에다 뚜렷하게 박혔다.

그렇게 사흘 동안 그 무당을 모셔다가 기원을 했는데

"흐~흑, 흐흐~흑!"

어멍이 바느질을 하면서 홀쩍홀쩍 울고 있었다. 보니, 아기 구덕이 장독 뒤에 버려져 있고, 어멍은 그쪽을 보고 또 보면서 하루 종일을 우는 것이다. 그때까지도 일구는 슬픔이 뭔지 죽음이 뭔지 전혀 모를 때였다.

일구는 중학생 땐 집에서 토끼도 기르고, '고고고~' 하고 부르는 닭도 길러 팔고서 공책도 사고 책도 샀다. 토끼는 암컷으로 사서 기르다가 조금 크면 다른 사람에게 있는 좋은 수컷 토끼랑 교미를 시켜 새끼를 낳게 한 후 수컷 몫으로 한 마리 보내고 나머지는 팔고, 씨암탉이

깨운 병아리도 잘 키워서 어느 정도 크면 오일장에 가서 파는 것이다. 그리고 한라산 방향 목장 쪽 소나무 밭에서 솔방울을 주워다 가마니에 담고 가서 팔고, 텃밭 농사일로 변소에 쌓인 돼지거름을 해마다 파내는 작업도 하였다.

일구는 그때부터 생각했다.

자기가 어른이 되면 "어멍과 동생들을 데려 살면서 가장이 돼야지." 하는 마음을 어린 때부터 가슴에 품게 된 것이다.

일구가 열 대 여섯 살 때 음력 유월 스무날쯤일 거다.

제주에는 음력 유월 스무날을 '닭 잡아먹는 날'로 정해서 닭을 잡아먹는 풍습이 있다. 그 닭으로 몸보신을 한다는 거다. 이른 봄에 어미 닭이 병아리를 깨게 하거나 장에 가서 병아리를 사다가 집 마당에서 유월까지 중닭으로 키워서 잡아먹는다.

닭 잡는 방법은 크게 두 가지가 있는데, 닭을 죽이고 털이 잘 빠지도록 끓는 물에 집어넣었다가 꺼내서 털을 뽑아내는 방법과, 보릿짚이나 땔감에 불을 붙여서 닭털을 다 태워 두고 잡는 방법이 있다. 그 중에서 끓는 물에 담갔다가 큰 털들을 뽑고 남은 잔털은 보릿짚으로 그슬리며 태우는 게 좋은 방법이다.

남자는 암탉, 여자는 수탉을 먹어야 더 효과가 있다 했다. 남자들이 처가에 가면 가시어멍이 사위를 생각해서 준비하는 음식으로는 씨암탉이 최고다. 옛날 가시어멍들은 자기 딸을 잘 챙겨 주길 바라는 마음으로 사위가 오면 잡아 주려고, 미리 씨암탉을 준비하여 잘 키우는 일이 예사다.

그날 일구 어멍은 중학생인 일구가 너무 야위어서 몸보신이나 시켜 주려고 오일장에서 암탉 한 마릴 사고 왔다.

일구 어멍도 닭을 직접 잡고 요리한 적이 없다.

"일구야, 이 닭 죽여 봐라. 어떻게 해서라도 요리해 보자."

다리에 새끼줄 걸린 채 돌담 틈에 묶어 둔 씨암탉 하나 가리키는 거다. 일구도 그때까지 닭을 직접 죽여 본 일이 없었는데, 일구가 세상에 나와서 처음으로 닭에게 저승사자가 되는 거였다.

왼손으로 날개를 잡은 채 오른손으로 닭의 모가지를 휘감고 가만히 기다렸다. 한참 있더니 닭이 '꼬르륵' 소리를 내며 몸둥이가 축 처진다. 일구 어멍은 미리 부엌 큰 솥에 땔감불로 물을 끓이고 있다가 그 죽은 닭을 물 끓는 솥에다 집어넣었다. 그래야 큰 털들을 쉽게 뽑을 수 있는 거다.

그런데, 그 죽은 닭이

"아, 뜨거!" 하듯 파닥거리며 뛰쳐나오는 게 아닌가.

"아이쿠머니!"

너무 놀라서 저승사자 간이 떨어질 뻔했다.

일구가 다시 날개를 잡고 모가지를 아까보다 더 세게 비틀고 이번엔 닭 몸뚱이도 발로 꽉 밟은 채 오래 기다렸다.

"지까짓게 이제는 정말 죽었을 테지."

해서, 끓는 물에 한참 담갔다 꺼낸 후 털을 뽑기 시작했다. 털을 반쯤 뽑았을까. 갑자기 닭이 후다닥 일어서며 빠져나가더니 반은 벗겨진 몸으로 그릇을 엎으며 뛰쳐나가려 한다.

"아이고 이 닭 새끼야, 저승사자 간 두 번째 떨어질 뻔했네마씀. 하하하." 하며, 일구는 가슴을 내리 쓸었다.

"히야, 이 닭도 어쨌든 살아 보려 하는 거지양?"

일구가 하는 말에 일구 어멍은,

"그렇지. 그래도 목숨이니까. 이승하고 이별하는 게 그렇게 원통하고 슬프긴 하겠지이. 호호. 그것도 하나 제대로 못하겠니? 그 닭 덜 죽었잖아. 잘 죽여 봐라. 완전히 죽어야 요리를 하지." 한다.

일구가 더 세게 모가지를 비틀어서 결국 그 닭을 요리해 먹긴 했는데, 그때 닭맛은 잊어버렸지만 그 닭이 지금도 가다오다 일구의 가슴 속에서 덜 죽은 채로 파닥거리며 살아나 일구를 놀라게 할 때가 있다.

일구는 고등학교에 들어가서 친구 찬용이가 생겼다. 찬용이는 일구와 비슷하게 생기고 성격도 닮았다.

미련한 듯해 보여도 으슥한 곳에 꿩이 알을 낳듯, 얌전한 고양이가 부뚜막에 먼저 올라가듯, 말은 없어도 아무 일을 시작할 때나 좋지 못한 행동을 저지를 때도 제일 빨랐다. 잡은 고기의 배를 갈라 요리하는 것도 잘하고 성정이 모질지는 않아도 야무지고 붙임성이 좋다.

찬용이네 집은 갯가 어영마을에 있어서 일구는 틈만 생기면 거길 놀러 갔다. 찬용이네 집은 높은 굴뚝이 세워진 양철 지붕 집인데, 거길 가면 마당 가운데는 낚시용 미끼 새우가 널려 있고 마당 구석엔 낡아서 용도폐기 직전인 배 젓는 노들과 배를 밀어 갈 때 쓰는 상앗대와 녹슨 갈고리들, 해녀들이 입는 아래옷인 헌 도곰수건과 노를 끼워서 젓는데 쓰이는 뜯어진 노촛 따위가 그 집을 지키는 것처럼 항상 늘비하였다.

찬용이 아버지는 배도 한 척 있고 선장에다 평생 어부였다. 주변 마을 어부들이 모여 만든 '어몰어촌계'가 있는데, 그곳의 어촌계장도 몇 번 역임했다. '어몰'이라고 하는 명칭은 어영마을과 몰레물마을 앞 글자를 따서 만든 이름이다. 가까운 곳에 도두봉도 있고 그 주변 바다를 에워싼 갯가가 곡선으로 빙 둘러져서 경관도 좋고 해산물도 상당히 많은 곳이다.

찬용이 어머니는 해녀일이 능숙한 상군해녀이고 누이는 아직 서툰 하군해녀였다. 그래서 그 집으로 이 해산물들을 사러 오는 사람들도 있었고, 찬용이네 식구들은 인심이 워낙 좋아서 사러 온 사람들에게 아주 넉넉하게 주는 모양이었다.

일구는 찬용이네 집에 가서 놀다 늦으면 거기서 자고 오기도 했다. 찬용이 부모들이 어질고 일구를 아주 좋아하며 아껴 주는 덕분이기도 하다. 그 집엔 해산물이 넘치기 때문에 중산간에서 나는 음식물만 먹고사는 일구는 그 집에 있는 먹을 것들에 항상 마음이 쏠리곤 했다.

"일구야, 그 불 여기로 비춰 봐."

"거기도 있는 것 같애? 자~"

일구가 들었던 횃불을 비춰 준다.

"그쪽으로 가만히 비추고 있어 봐."

찬용이가 팔뚝을 걷어붙이고 손가락을 벌려 기다린다.

그렇게 일 분쯤 찬용이가 가리키는 델 비추고 있으니까 제법 큰 문어 한 마리가 뭉그적뭉그적하며 물 바깥 돌 쪽으로 기어 나온다. 찬용이가 머리를 꽉 잡으니 거먼 먹물을 뿌린다. 찬용이가 먹물 나오는 구멍을 얼른 뒤집는다. 그리고 나서 일구가 들고 있는 양동이에다 담아 넣는다.

"히야, 찬용아, 이제 벌써 다섯 마리째다. 잘 잡는다고 내 배 속에서 우렁찬 응원가가 흘러나온다야. 후후후."

"얌마, 일구야, 다섯 마리는 쩹도 안 돼. 엊그제 밤엔 동네 애들과 한 시간 동안 문어잡이 시합을 했는데, 내가 스무 마릴 잡아 일등을 하고 문어들 모아 판 돈으로 상금 이만 원을 받았지. 크크크."

일구가 문어 한 마리를 들고 보니 물컹하게 징그럽다. 가만히 잡고 있으니 뭉글뭉글한 문어가 미끈거리면서 손을 빠져나가 양동이 속으로 떨어진다.

이렇게 찬용이네 집에 갔을 땐 캄캄한 밤에 헝겊을 덩어리로 뭉쳐 쇠막대기에 묶고 자그마한 깡통에는 석유를 넣고 횃불을 켜서 문어와 낙지를 잡아다 먹고, 바닷물이 빠졌을 땐 낮에도 소라나 전복이 많이 잡힌다. 이른 아침 썰물 때나 해조류를 뜯기 좋을 때엔 돌만 가볍게 들어내도 큰 바닷고동들과 여러 가지 조개류들도 양동이로 가득 잡을 수 있다.

찬용이네 배는 제법 큰 덕판배인데, 찬용이 말을 들어 보면 어부 일 하는 것도 여간 어려운 것이 아니었다.

배가 갑자기 한바탕 바람을 만나거나 간만의 차가 심해서 물살이 강할 때나 배를 잘못 움직여 바닷속 바위에 걸리거나 깊고 움푹한 물에서 배가 표류하다 쓰러져 버리면 사람도 죽고 배도 망가져 큰 손해가 난다는 것이다. 그리고 해녀 일도 쉬운 게 아니라 물질할 때 떼 지은 돌고래들이라도 만나면 "물알로 물알로!" 소리치며 얼른 달아나야 하고, 바람이 매섭고 차갑게 불어닥치는 곳에서 해초를 뜯을 때에도 그 추위에 고생이 이만저만이 아니라는 것이다.

찬용이네 그 배 뒤 칸에서 놀기도 하고, 그때가 고등학교 때라 친구들과 어울려 암반지대에서나 미역이 서식하는 돌과 바위틈에서 놀기도 했지만 못된 짓들도 많았다. 어울려 다니며 남의 수박밭 담 넘기, 밤중에 먼 동네에 가서 닭서리해다가 잡아먹기, 부모 모르게 술 마시고 담배 피우기 따위….

닭을 서리할 땐 밤에 해야 하고 개가 없는 집을 골라야 한다.

"찬용아, 몇 마리나 있어?"

집 앞쪽 처마 위 틈을 손으로 더듬는 찬용이에게 뒤에 서 있는 일구가 소근거린다.

"웅. 서너 마리 있는 것 같은데. 한 마리만 잡고 가자."

"그렇게 해. 서두르지 말고 한 마리만 살살 잡아당겨. 목과 날개를 꽉 잡고…."

일구의 손엔 닭을 담고 갈 마대가 들려져 있다.

닭은, 낮에 마당이나 텃밭을 다니며 발톱으로 땅을 긁으며 지네나 여러 가지 벌레들을 잡아먹고 구석진 곳에 있는 날곤충도 쪼아 먹다가 어두워져 가면 집에 들어와서 앞 지붕 처마 위로 올라가 잠을 잔다. 옛날 초가집들은 지붕이 낮아서 닭들이 어렵지 않게 그 처마 위로 뛰어오르거나 가볍게 날개를 치며 오른다.

닭을 서리하여 잡아먹으려면 요령이 있어야 한다.

집 앞쪽 처마 위 틈새에 손을 슬며시 담아 닭이 만져지면 손짐작으로 그 닭 모가지와 날개를 살살 내리쓸어 소리치지 못하게 달래다가 모가지와 날갯죽지를 한꺼번에 꽉 눌러 잡아야 한다. 그렇게 하면 닭이 파닥거릴 수도 없고 소리도 내지 못하게 된다. 어쩌다가 잘못되어 닭이 소리를 지르거나 날개를 파닥파닥하게 되면 그 서리는 들키거나 실패하게 되는 것이다.

그렇게 해서 그 닭을 손에 넣게 되면 부모가 부재중인 집이나 먼 촌에서 제주시에 공부하러 와 자취하는 친구네 집에 가 벗겨 먹는 거였다.

하여간, 그렇게 몰려다니던 아이들은 술도 먹게 되고 길에 나서서 목적 없이 배회하다가 소영웅심이 발동하면 누구에겐가 시비도 걸게 되고, 어떤 땐 생판 모르고 자기들 닮은 무리를 만나게 되면 서로 시비를 걸다 패싸움이 나서 돌팔매질하며 쫓아갔다 도망쳤다 하는 일도 많았다.

나이가 든 뒤에, 일구는 가다 오다 그때 생각이 나면 어이없기도 하지만 그때 피해를 본 사람들에겐 정말 미안한 생각이 들곤 한다.

그리고 세월이 수없이 지났으니 완전범죄? 공소시효 소멸?

"크크, 일구야, 웃기지 말아라. 나는 그 모든 죄들을 모두 품고 살잖아. 또 그만큼 스스로 벌도 받으며 살고 있지."

일구 속에 든 심장이 빙그레 웃으며 발딱거리는 말이다.

그 바닷가 동네서 친구들 만나 찬용이네 집에 가서 밥도 지어 먹고 못된 짓 공모도 많이 했지만 어두웠다 밝았다 세월이 많이 지난 지금, 저승 명부에 적힌 날짜가 아직 멀었는지 저승사자는 아직까지 아무에게도 접근하지 않아서 그 친구들 모두 사회봉사도 하며 이승에서 잘들 살고 있다.

3. 심장의 결심

오라동 마을은 제주시내와 가까워도 아직까진 농촌마을이다.

"으랴, 이거 어디로게~ 뭐야~ 곧장 가야지게~"

춘식이 넛하르방이 마을 안에 있는 텃밭에 콩을 심으려 밭을 갈고
있는 중이다.

"와~ 또 봐라 이거~" 하며 오른손에 쥔 밧줄로 '착' 하고 소의 엉덩짝
을 때린다.

소도 귀가 축 늘어진 네 살 된 소로 밭갈이가 서툰 소다.

소가 쟁기를 잡아당기기 힘든 모양인지 입마개 속 코를 '푸륵푸륵'
하며 식식거린다.

다섯 마지기 작은 밭이라도 밭을 가는 게 그리 쉬운 일이 아니다.

사람도 쉬고 소도 쉬게 하려고 쟁기를 메운 채 멈춰서 밭 구석에 있

는 이파리가 넓게 퍼진 칡줄과 여러 가지 풀을 베어다 소의 굴레를 벗기고 먹이는데, 길을 지나던 고등학생쯤 아이들이 소와 소의 주인을 슬쩍 나무라는 소리를 하며 지나간다.

"붙인 김에 얼른 갈아 버리시죠. 몇 이랑 안 남았는데….

그렇지 않아도 춘식이 넛하르방은 서툰 소 때문에 화가 나 있는데, 그 소릴 들으니 귀가 쫑긋 일어선다.

"뭣이 어때? 너 누구야? 어, 보아하니 넌 서쪽 동네 필추로구나게. 이 더펄이 같으니라고….

"아이구 삼촌! 그냥 해 본 말입니다. 얼른 마쳐 두고 쉬는 게 좋을 것 같다는 말이지요. 그렇게 화를 내지 마세요게."

"이 어린 게 말하는 것하고는. 니 애비가 그리 말하며 다니라고 시키더냐?"

"어찌 우리 아버질 건드리세요? 기분 나쁘게…. 에이 씨발!"

필추가 길바닥에 있는 돌맹이 하나를 발로 냅다 걷어찬다.

"에이 씨발? 햐 너! 정말 못난 놈이로구나이. 너 같은 건 후에 아무 짝에도 쓸모가 없다. '밭을 가느라 수고하십니다'라고는 못하고…. 빨리 저리 안 갈래? 이걸로 그냥 내갈겼으면 좋겠다만….

춘식이 넛하르방이 밭 구석 그늘 아래 있는 흙을 부수는 곰베를 내려칠 듯이 들고 하는 말이다. 그냥 두면 두 발끈쟁이 막말이 더 큰 싸움이 될 것 같다.

"필추야, 네가 어르신에게 그리 말하면 안 된다게. 아이구 삼촌, 죄송합니다."

이렇게 말들 하면서 옆에 있던 아이들이 필추를 잡아끌면서 간다.

춘식이 넛하르방이 뒤에서 분하다는 듯 투덜거린다.

몹시 더운 한여름, 필추네도 윗동네 넓은 밭에 메밀씨를 뿌리려고 목장에 가 있는 소를 데리고 내려와서 이틀 정도 밭을 갈았다. 그런데, 집 외양간에 잘 묶고 가둬 둔 소가 자기대로 뛰쳐나와 동네 한 바퀴 돌다가 하필 춘식이 넛하르방네 콩밭엘 들어 막 뜯어먹고 밟아 버리며 마구 휘저어 버렸다.

"이거 필추네 소 아닌가? 이놈의 소 새끼야, 얼른 안 나갈래?"

춘식이 넛하르방은 그 소를 몽둥이로 때리고 돌팔매질도 하면서 쫓아 두고 필추 아버지에게 달려가서

"양! 성님네 소가 우리 콩밭 전부 망하게 해 놨으니 변상하세요."

필추 아방은 허수아비가 세워진 텃밭에서 밀짚모잘 쓰고 갈옷 입고 호미 들고 한 손으로 김을 매고 있었다.

"아이고 어떻게 된 건가. 우리 필추에게 소 잘 매어 놓고 외양간 잘 지키라 해 두고 왔는데."

"그렇게 잘 지킨 소가 남의 콩밭을 다 망하게 만듭니까?"

"아, 그렇게 돼서 미안하긴 한데 그렇게까지 추궁하지는 마시게. 내가 변상하겠네. 어떻게 할까? 돈으로 변상할까?"

"예. 오만 원만 내세요. 나 건성으로 해 보는 말이 아닙니다."

"오만 원? 아니 이 사람아, 아무려면 그렇게 큰돈을? 그 밭 콩 모두 장만을 해도 그 돈이 나올까 말까인데…."

"그건 모르지요. 기름진 밭이라 더 나올지도. 아무튼 오만 원 변상하고 그 콩밭은 알아서 장만하여 먹든지 말든지 하세요."

"이 사람 너무 따지며 사람 속상하게 하네이."

필추 아방이 손 없는 팔로 얼굴에 땀을 닦는다. 필추 아방은 젊은 때 방앗간에서 맷돌을 굴리며 곡식을 다듬다 밑돌에 깔려 한 손을 잃어버린 불구자다.

어디 헤매다 이 소식을 접한 필추가 달려왔다.

소는 여러 사람들에게 끌려 외양간에 묶여져 있고 필추는 홧김에 묶어진 소를 몽둥이로 서너 번 패고 나서 식식거리며 춘식이 넛하르방에게 갔다.

"아니 삼촌! 거 무슨 도둑놈 심봅니까? 우리 소가 얼마나 휘저었길래, 콩 조금 덜 나올 것에 그렇게 동떨어지게 변상을 요구하는 겁니까?"

"난 그 콩 모두 꺾어져 버리고 밭도 모두 망가뜨려 놓은 거 보면 화가 나서 더 많이 변상받고 싶은 심정이다 이 녀석아."

"이 나쁜 사람하고는! 보잘나위없이 쬐끔한 밭 가지고, 그런 못된 심보로 그리 처먹어서 살이 퉁퉁 붓게 잘 사시는군요. 에이 더러워 못 살겠네. 퉤!"

필추가 춘식이 넛하르방네 마당에다 가래침을 뱉고 발로 부벼 댄다.

"어떻게 하면 이리도 낯이 두꺼워지는고원."

"이 자식 봐라. 야, 이 새끼야! 주제넘게 주둥일 놀리고 있네. 손 병신 아들 아니랄까 봐…. 말하는 주둥이가 어쩜 이리도 미운고게. 하긴 근본부터가 그러니 말을 해도 내 입만 고생이지."

"뭐라구요? 손 병신마씀?"

춘식이가 화를 내며 주변에 뭔가를 집어 들려는 몸짓을 한다.

옆에 춘식이 넛할망과 동네 사람 몇이 말리지 않았으면 큰 싸움이 날 것 같았지만, 나중에 동네 반장과 어른 몇이 와서 서로 화를 누그러뜨리게 달래기도 하고 합의를 보게 중재를 했다.

이만 원 보상해 주고 끝내는 걸로 합의를 했지만, 이런 일이 생긴 후에 필추네와 춘식이 넛하르방 간에는 서로 원수처럼 지내면서 모든 일마다 아웅다웅이었다.

동쪽 집 준기. 시인이다.

준기는 제주시 동쪽에 있는 봉아름에서 살다가 장가가면서 오라동으로 이사를 왔다. 초집을 지붕개량한 양철지붕집과 거기에 붙은 텃밭을 아버지가 사 주니까 각시와 함께 살림을 옮긴 것이다.

술과 책과 글 쓰는 걸 좋아하는 준기는 일구가 어렸을 때부터 재밌는 이야기도 해 주고 사나이가 한평생 사는 건 보람 있게 열심히 사는 것이라고 항상 가르쳐 주는 진정한 선비였다.

그런데, 이사 와서 오 년쯤 되도록 아기 소식은 없고, 주머니가 넉넉하게 살진 못해도 부부싸움 한번 없이 그럭저럭 살아가고 있었는데 각시가 그만 어떤 사내놈과 춤바람이 나서 집을 나가 버렸던 거다. 부끄러움을 잘 타던 그 아내에게 귀신이 들렸다고, 서방이 멍청이라고, 동네 사람들이 한동안 숙덕거렸지만 준기는 모른 척 조용히 농사를 지으며 혼자 살아오는 것이다.

일구가 고등학교 졸업하고 그냥 놀기만 하는 건 시간이 아까워서 공사판엘 다니며 미장공 보조, 전봇대 묻을 땅파기, 철근공 보조 따위 아무 일이나 하면서 일당벌이를 할 때였다. 어느 날 하루는 준기가 뭘 하나 궁금해서 가 보니 방바닥에 배를 깔고 엎드린 채 글을 쓰고 있어서,

"삼촌, 뭐 하세요?"

"으, 하하하. 오랜만에 시 한 편 겨우 썼네. 어디서 원고청탁이 들어와서 그저 정신없는 소리로, 이 양철집 지붕에 떨어지는 싸락눈 이야길 써 봤지. 이 지붕에 떨어지는 진눈깨비나 싸락눈 소린, 그저 내 가슴 두들기는 소리 같아. 그 '다닥탁탁' 하는 소리 들으면 내 심장이 쿵쿵 뛰곤 하지. 하하하. 어째 오늘은 한가한 모양이지? 여기 앉아라. 술이나 한잔할래?"

"아닙니다. 이따가 누구 만날 일도 있고…. 나갔다 올 일이 있어서양."

"그래? 그러면…." 하다가 준기가 냉장고에 있는 시원한 딸기 주스를 깡통째 가져다준다.

"일구야, 한 사람의 인생이 그리 길지 않다는 건 알겠지이? 눈 깜빡하면 이만큼 와 있고 또 눈 깜빡하면 다시 저만큼 가 있고 말야. 그러니 일구야, 살아 있을 때가 사람인지라, 사람일 때 보람되게 엮어 놓고 가야 하는 거 알지? 너는 그래도 어릴 때부터 착하게 사는 걸 내가 늘 보면서 지나왔으니 걱정이 없다마는…. 으…."

말을 하던 준기가 눈을 찡그리며 왼쪽 가슴을 손으로 누른다.

"왜 그러세요? 어디 아프세요?"

"아니다 괜찮다. 요즘은 이렇게 가끔 왼쪽 가슴이 쿵쿵거리면서 따끔거리긴 해."

"아니 삼촌, 병원엔 가 보셨어요?"

"안 그래도 지난주 병원에 가니까 의사 선생이 내 혈압도 높고 심장도 안 좋다면서 마음도 편히 가지고 힘든 일은 하지 않는 게 좋다고 하더구나. 근데, 그때뿐이지 조금 지나면 아무렇지도 않아."

"아이고 아니에요. 이제는 술도 명심하시고 병원에 잘 다니면서 치료해야 합니다. 그러면 그 증상이 언제부터 생견마씀?"

"하하. 글쎄 말야. 명이 길고 짧은 건 다 자기 운명 아닌가? 운명을 건드리지 말고 그저 자기 인생 자기만큼씩 꼬박꼬박 걸어가면 되는 거지. 하하하. 가만히 생각해 보니까 각시가 집에서 나가 버린 때부터 가슴이 이렇게 된 거 닮긴 하다마는…. 하여간 걱정해 줘서 고맙다."

말을 하다가 준기는 일구가 신경 쓸까 봐서 말머리를 돌린다.

"그러나저러나 너는 돈이나 벌겠다고 대학도 포기하고 요즘은 어디 노가다판에 다닌다며? 너무 착한 건 좋다마는 아주 딱하게. 내가 돈이나 많은 사람이면 널 대학에 보내 주고 싶다마는…."

"삼촌, 말씀이라도 너무 고맙습니다게. 제가 군인도 얼른 지원해서 갔다 오고 열심히 벌어서 집도 새로 짓고 남부럽지 않게 잘 살아 볼게요."

"그래, 네가 어릴 때부터 살펴봤는데 너는 융통성도 있고, 강한 의지로 돈을 벌어 새집을 짓겠다고 꿈을 품는 것도 그렇고 해서 너 강일구는 뜨거운 심장으로 참 잘 살 것이라 믿어. 그러니 항상 술은 명심하고 나쁜 벗들과는 어울려 다니지도 말고, 어떤 경우가 닥쳐도 그저 부지런하게만 살아라. 어려운 일 있거든 나에게 와서 의논도 하고…. 그리고, 난 네가 그 새집을 짓고 싶어 하는 게 말로만 건성이 아니고 머지않아 꼭 이루어질 걸로 믿는다. 어떤 일을 하든 입으로만 먼저 자랑하지 않고 행동으로 보여 주는 사람이 제대로운 사람이라이?"

"하하. 그런데 삼촌! 저는 심장과 함께 이렇게 하자 저렇게 하자 말로 먼저 의논하면서 사는데요."

"하하하 녀석도, 그걸 말이라 하는 거니? 너 혼자 중얼거리는 소리지. 우리들 심장은 알고 있는 세상일도 모른 척하고 따뜻한 피만 부지런히 만들어 내며 사는 거지."

"하하하. 삼촌은 시인이면서 철학자 같다고 항상 느껴져양?"

술을 좋아하는 동쪽 집 준기. 가다 오다 가끔 우스갯소리를 떨어트려 굴려 놓으면 옆에 있던 사람들이 배꼽을 잡으며 웃도록 만들기도 하지만, 보통 때 준기는 입이 워낙 무거워서 웬만하면 말을 하지 않는다.

그래도 준기가 일구에게 말을 할 땐, 남자가 살아가는 데 필요한 이야기들을 해 주며 여러 가지 생각이 나도록 말해 주곤 한다. 일구는 어린 때부터 준기를 잘 따랐고 준기도 일구를 아껴 줬다.

준기는 개구쟁이 아이들이 옆에 와서 왁자지껄 떠들어도 화를 내거나 타이르지도 않고 그냥 빙긋이 웃기만 한다. 자신이 크게 자랑할 일이 생겨도 생색을 내거나 잘난 척하지도 않고 그 기쁨을 꾹 눌러 둔 채 지낸다.

일구가 군에서 휴가를 나온 때였다. 이른 봄 아랫동네 점방 구석.
곧 쓰러질 듯한 탁자 위에 한일소주 사홉들이 한 병에 꽁치통조림 작은 깡통 하나와 김치 한 접시.

"일구야, 군대 힘들지?"

"아니에요. 이젠 병장도 달았으니 견딜 만합니다."

"빳다도 많이 맞았지?"

"하하, 그렇죠. 쫄병 땐 많이 맞았지요. 한라산에서 공을 차면 공이 데굴데굴 굴러서 바다로 떨어지는 섬에 사는 촌놈이라고 늘 내리까구요. 굉장히 추운 겨울날 하루는 말이죠. 고참 앞에서 마음 놓고 떠든다고, '야 이 새끼들아, 고참은 너희들 하느님이고 부처님이고 증조 할아버님이다 이놈들아. 어디서들 주둥이 열고 함부로 이빨까고들 있어.' 하며 군기를 잡아야겠다고, 키도 조그만 왼손잡이 고참이 혼자 분위기를 좌지우지하며 손바닥에 침을 퉤퉤 뱉으면서 곡괭이 자루를 잡더니 모두 엎드리라 해 놓고 엉덩짝이나 허벅다리 뒤쪽을 사정없이 몇 대씩 후려쳐 버리니, 이를 악물고 맞기는 했지만 피부의 가죽과 살덩어리가 찢어져 버렸었지요. 근데 며칠 후부터 상처가 난 자리에 부스럼딱지가 생기면서 화장실에 가는 게 너무 못 견디더군요. 하하하. 앉으려고 하면 그 딱지가 쩍쩍 찢어지는 게 너무 아파서요. 크크크. 그러면 다리만 엉거주춤 벌려 선 채로 일을 봤었지요. 그저 군 생활은 숫보기로 견뎌 내는 거뿐이죠. 하하하."

"하이고 고생이 많았구나게. 그래도 그게 모두 약이 되어 네가 살아가는 데 도움도 될 거다. 그러나저러나 너도 금년 말이면 제대를 해서 밥벌이도 해야 하고 장가도 가야 하고 바쁘겠구나이. 아, 너 잔이 비었구나. 그거 누가 그렇게 얼른 빨아먹어 버렸을까. 하하하. 마, 한 잔 더 받아라."

반 홉은 될 듯한 보시기에 술을 철철 비워 준 후에 자기도 벌컥벌컥 마시는 준기. 젓가락으로 꽁치 한 점 호벼 파내어 김치에 싸서 입에 넣고 우물우물 씹으며 길 쪽을 보다가,

"저 길옆에 떨어진 동백꽃들 봐라. 벌겋게들 떨어진 채로 방긋방긋 웃는 것 같지이? 우리 사람들도 저리 곱게 떨어지면 얼마나 좋을까…."

"그런데 삼촌! 동백꽃들은 왜 저렇게 싱싱한 채 떨어져 버리는고예?"

"그건, 동백꽃은 자기 자신을 잘 아니까 그렇지. 오래 피어 있으면 시들고 썩고 보기가 아주 싫으니까. 그러니 동백꽃은 세상 사는 법을 아는 거지. 고운 자랑을 오래 안 하고, 가슴이 뜨거울 때 자신이 정성 한 만큼 살다 가는 거 같지 않아? 그런데, 사람들은 욕심만 가득하니까 어떻게 하면 더 오래 살 수 있을까 하는 것에 매달리는 거지."

"후후. 삼촌! 가슴이 뜨거울 때가 삶이라는 말 같으네양?"

"그렇지. 일구야! 사람은 뜨거운 심장 덕분에 세상을 살아가는 거지. 뜨거운 내 피통이 마구 펌프질을 하니까, 뜨거운 내 피들이 사랑

을 하고 이별을 하고 시도 쓰는 거지. 그리고 일구야, 세상 모든 일이 달려들면 뜨거운 내 피통이 그 모든 것들을 품어 주며 사는 게 아닌가? 나는 있잖아이. 가진 게 아무것도 없어도 가슴이 이렇게 뜨거운 덕분에 행복하다고 생각된다게. 하하하.”

이렇게 말하는 준기의 얼굴은 언제나 편안했다.

일구는 어렸을 적부터 다 헐고 곧 쓰러질 듯한 초가집에 사는 게 늘 부끄러웠고 잘사는 친구들 집을 보면 너무 부러웠다.

“내가 커서 직장에 들어가고 돈을 부지런히 벌어다 집을 꼭 새로 지어야지.”

일구는 어린 때부터 그 꿈을 마음속에 심어 두었다.

“일구야, 네가 대학에 가고 싶거든 너의 그 텃밭이 네 몫이니 그거라도 팔아서 가거라.”

아버지가 그렇게 말했지만, 일구는 대학에 갈 생각을 미리부터 없애 버리기도 했고 그 작은 텃밭 하나 있는 거 팔아 치우면 어머니와 누이동생들이 먹고살 길이 캄캄하기 때문에 싫다고 말했다.

“우리 그 텃밭이 없으면 보리 한 줌 나올 데가 없는데 어머니와 누이동생들은 뭘 먹고삽니까? 저는요. 대학에 안 가겠습니다.”

“…….”

아버지는 조용했다.

만약에, 아버지라도 일구를 꽉 잡고 공부만 시켜 줬으면 공부께나 하고 좋은 대학에 갔을지도 모른다.

4. 인연

　일구는 군대를 공군 지원병으로 갔다가 제대한 후 직장을 구하려고
여러 군데로 이력서를 보냈다.

　평생직장을 꼭 구해야 한다는 생각으로 취직시험 공부를 하면서도
시간이 아까워서 그전에 좀 겪어 봤던 공사판에도 다녔다. 그러던 중
에 조상님이 도와줬는지 직장 하나가 나왔다. '백록담물산주식회사'
인데 여러 가지 상품을 도소매하는 회사로 육지에 있는 물건들을 도
매로 구입하여 제주도 내 상인들에게 팔아 주고 제주도에서 나는 농
산물과 수산물 등 특산물들을 육지 쪽으로 주문배달도 하고 서울과
부산에는 제주도 농수축특산품을 도소매하는 지점도 있고 직원들이
백 명쯤 되는 제법 큰 중소기업이었다.

　일구는 그 회사에 경리직원으로 합격을 한 것이다.

"찬용아, 바빠?"

"응. 왜?"

"간만에 만나고 싶어서, 후후후."

"오후에 아버지 배가 들어오면 같이 낚시도 손을 보면서 고기들을 정리도 해야 하고 저녁에는 시간이 되겠다마는…."

"그래? 그러면 저녁에 만날까?"

"무슨 일 있어? 전화로 하면 안 될 일이야?"

"후후후. 무슨 일이기는. 내가 기분이 좋아서 널 만나 한잔하고 싶어서지게."

"그래? 뭔 일이 있는가 보군? 크크크. 혹시 장가라도 가는가이?"

"흐흐. 야 찬용아, 장가는 니가 색시를 만들어 줘야 갈 수 있지게."

"크큭. 그래 나가마. 오랜만에 한잔해 보자."

"내가 말야. 후후. 백록담물산에 이력서를 보내 뒀는데 합격이 돼서 다음 달부터 출근하게 됐지 뭐야."

"히야, 잘됐네. 축하한다이. 너는 주산과 부기를 잘하니까 합격시켜 준 모양이다. 그럼 저녁에 어디서 만날까?… 일구야, 그러지 말고 너가 우리 집으로 와라게. 술만 몇 병 들고 오면, 오늘 우리 아방 배로 한치가 들어오거든. 내가 그 싱싱한 걸로 준비해 둘 테니 저녁에 썰어서 먹자."

"아, 그럴까? 그래 그렇게 하자."

일구와 찬용이는 그렇게 약속하고 전화를 마쳤다.

날이 어둑해질 무렵 일구는 한일소주 사홉들이 다섯 병 사 들고 찬용이네 집으로 갔다. 찬용이 어멍이 반갑게 맞아준다.

"아이구 우리 일구 왔구나게. 호호호. 어서 들어와라. 참 오랜만이구나이. 찬용이 말하는 거 들었는데 네가 큰 회사에 취직이 됐다면서? 아주 잘됐다."

"예, 모두 삼촌이 걱정해 주신 덕분입니다. 여기저기 여러 군데 이력서를 보내 뒀는데 딱 한 군데가 맞았어요. 하하하. 월급 받으면 제가 아주 맛있는 걸 사 드릴게요."

"에이고, 말이라도 고맙다. 그리고 나도 참 기쁘다게. 이제는 그 힘든 노가다판에도 가지 말고 그 회사에 열심히 다니면서 높은 사람도 돼야 한다이? 월급 받는다고 그저 돈을 펑펑 쓰지 말고…. 그리고, 우리 찬용이도 어디 들어가서 서푼벌이라도 해야 하는데…. 나중에 물정 모른 사람 돼서 쪽박을 차 앉으면 안 될 텐데, 네가 회사에 다니면서 여기저기 알아도 보고 챙겨 주라이?"

"예 예, 그렇고 말고마씀. 저도 빨리 돈을 모아 집 하나 새로 짓고예. 후훗. 그리고, 찬용이 직장 문제는 찬용이랑 함께 걱정하며 신경 쓸게요."

찬용이 어머니가 차려 주는 밥상은 언제나 푸짐하다. 귀한 청포묵도 한 접시 해 놓고 싱싱한 한치에다 참돔도 한 마리를 썰어 놨다.

"일구야, 네가 회사에 가게 된 기념으로 축하해 주는 거라이? 호호호."

"하하하. 예, 삼촌, 잘 먹겠습니다. 고맙습니다양."

일구와 찬용이는 말술들이어서 주거니 받거니 얼근하게 대작한다.

"일구야, 너희 어머니가 아주 좋아하겠다. 이제 직장도 되었으니 거기를 놓쳐 버리지 말고 평생 동안 다닐 생각을 해야겠지?"

"크크. 그렇고말고. 어려워도 한 구멍을 파야지. 너 찬용이도 어디 취직이 돼야 할 텐데. 어때. 공무원시험 공부는 잘돼?"

"에에. 글쎄 말야. 난 쇠머리인 모양이야. 크크. 아무리 파도 뚫리질 않고 말이지. 외워지지도 않고 그러네. 하다 하다 안 되면 우리 아방이 하는 배나 물려받아 낚시 밑밥이나 준비하고 어부로라도 살지 뭐. 그러니 너 술안주는 걱정하지 말라이? 크크크."

"얌마, 그래도 그 시험공부 잘해 봐. 이제 나이도 들어 가고 결혼도 해야 할 거 아니냐게."

"크큭 글쎄 말야, 우리도 학교 다닐 때 농땡이치지 말고 공부라도 좀 해 둘 걸게. 그지? 하하하."

"맞고 말고게. 이 농땡이 선수들 말야…. 하하하. 그런데 이 한치도 입에 쩍쩍 붙지만 참돔도 꼬들꼬들 맛이 참 좋다이."

마침 찬용이 아방이 어촌계에 나가서 집에 없고 둘이서 저녁을 실컷 먹었다.

"찬용아, 나 슬슬 걸어서 집에 가야겠다. 다시 전화하마. 그리고 찬용이 너 어디 헤매지 말고 지금 하고 있는 그 공부 열심히 해? 앗지? 도깨비물인 그 술도 혼자선 먹지 말고. 후후후."

이렇게 말하며 일구가 집에 가려고 운동화를 신으려 나설 때였다.

"계세요?"

어떤 아가씨 목소리였다.

"양! 삼촌! 찬용이 오빠!"

"응, 수정이로구나. 무슨 일로?"

찬용이가 일구와 같이 문을 열고 나가면서 묻는다.

"아, 찬용이 오빠. 집에 있었구나. 삼촌은 어디 갔어요?"

이때 부엌에 있던 찬용이 어멍이 나오면서

"왜? 나 여기 있다. 아, 수정이로구나게. 가만 있어 봐라. 네 아버지가 보냈구나이?"

"예, 아버지가 여기 가면 뭔가 줄 거라면서….

바깥으로 나오던 찬용이 어멍이 집 안으로 다시 들어가 냉장고에서 검은 비닐봉지를 들고 나오며 그 아가씨에게 준다.

"네 아버지가 남겨 두라고 한 한치다. 큰 걸로 열 마리니까 맛있게 잡수시라고 전해 드려라이?"

"예, 삼촌 고맙수다양."

아까부터 일구는 입이 꽉 잠가진 채 온 신경이 눈과 귀에 집중적으로 쏠리며 그 여자만 훔쳐보고 있었다. 그 여자도 일구를 봤다. 두 사람 눈이 같이 만날 때 일구는 뭔지 모를 느낌과 함께 심장이 쿵쿵거렸다.

"어디서 많이 본 사람 같은 느낌인데…. 언젠가 꿈속에서 봤을….

그 여자가 가 버린 후에

"찬용아, 저 여자 누구니?"

"응, 우리 동네 삼 년 후배인데 제주시청에 다니지. 왜? 마음에 들어? 크크크. 내가 나중에 소개시켜 줄게이?"

"상당히 미인인데?"

"아주 착하기도 하지. 대학 졸업하면서 바로 시청공무원이 됐지. 집안도 좋고이."

일구는 회사에 출근을 시작하였다.

밭일이나 노가다판 막일만 하던 일구는 모든 게 생소하였다.

'시작부터 잘 배우고 남보다 더 잘해야 한다. 불평불만을 하거나 아는 척 까불지도 말고, 일 잘하는 사람을 질투하지도 말고, 미련하고 용렬한 사람도 되지 말고 구석에서 재깔거리는 사람도 되지 말고 입 다물고 묵묵히 일을 열심히 하면서 승진도 하고 정년까지 곧바로 가야 한다….'

그렇게, 남보다 먼저 출근하고 남보다 늦게 퇴근하며 하기 싫은 일일수록 더 정성들여 열심히 시작하다 보니 상사들에게서나 일반 직원들에게 인기를 얻어 가며 인정도 받고 부추김도 받곤 하였다.

"일구야, 너도 이제는 장가를 가야 할 텐데…. 스물일곱이니 나이도 많이 됐고 때를 놓치면 아주 늦을 수도 있다이?"

"에구, 어머니, 알았습니다게. 저도 생각을 가지고 준비해 가겠습니다. 걱정 마세요. 차차 일이 되어 가겠지요."

일구 어멍이 일구에게 어서 장가를 가야 한다고 재촉하는 말이었다.

어느 날, 일구가 회식을 마치고 직원들과 같이 길을 나서서 걸어가
고 있을 때였다. 앞에서 오던 젊은 여자 셋이 일구네 옆을 지나간다.

"아?"

일구에게 낯익은 얼굴 하나가 있다.

"맞다. 찬용이네 집에서 봤던, 시청에 다닌다고 하는….."

그 여자도 일구를 본다.

"아, 오랜만입니다?"

긴가민가하며 일구가 먼저 아는 사람처럼 인사를 했다.

"예, 오랜만입니다예."

그 여자도 아는 사이처럼 인사를 받아 준다.

"친구들과 어디 가는 모양이군요?"

"예, 친구들과 저녁 먹고 나왔어요."

"아, 그렇군요. 나도 직원들 하고 회식 마치고 나오는 길입니다. 그
럼 조심해서 가세요."

"예."

서로 지나가던 길에서 잠시 인사를 나눴지만 일구는 처음 볼 때보
다 심장이 더 쿵쿵거리는 걸 알 수 있었다.

"휴우. 왜지? 잘 알지도 못하는 사람인데…."

일구는 직원들과 헤어져서 집에 와 누웠어도 아까 그 수정이라는 여자 생각만 났다. 시원한 큰 눈에 고운 얼굴, 일구가 늘 마음에 그려 두는 그런 여자 같았다. 생각만 해도 가슴이 뛴다. 준기의 얼굴이 떠올랐다.

"가슴이 뜨겁고 쿵쿵 뛸 때가 사람이야." 하며, 술 한 잔 쭉 마시고 포기 채 앞에 놓인 배추김치 한 잎 뜯어 먹고 자잘한 마른 멸치 하나를 씹어 대며 말하던 준기가 순간적으로 생각났다.

'가슴이 뜨겁고 쿵쿵거리니 나도 인간인 모양이군. 후후.

근데, 에이 나 이거 뭐지? 잘 알지도 못하는 여자인데…. 내 주제에, 생각하지 말아야지….'

일구는 그 여자 생각을 떨궈 버리려고 혼자 고개를 가로저었다. 그래도, 아무리 그렇게 마음을 먹어도 그 여자가 자기 속으로 자꾸 들어서는 건 어떻게 해 볼 수가 없는 일이기도 했다.

직장생활에 열심이면서도 일구는 직원들과 자주 어울렸다. 모나지 않고 함께 지내기가 편한 일구라 다른 사람들도 일구와 사귀며 지내는 게 좋은 모양이었다. 퇴근하면서 같이 어울려 당구도 치고 탁구도 치며 돈을 조금씩 모아 놓고 저녁과 함께 술을 곁들이는 게 보통 노는 순서다.

그렇게 친구들과 어울리기를 좋아하는 일구지만 가다오다 혼자 걸어 다니는 걸 좋아하기도 한다. 그냥 홀로 있고 싶은 마음이 생기는 거다.

혼자 정처 없이 다니다가 어린 때부터 좋아하던 바다가 생각나면 탑동 바다로 슬슬 가게 된다.

탑동의 옛날 모습은 거의 사라졌다. 일구가 어린 때 친구들과 "앞바다에 가자." 하면 그 탑동 바다를 칭하는 거였다. 널따란 갯가에는 크고 작은 먹돌들이 가득 깔려 있고 물이 많이 빠져 바닥이 나타나면 거기서 여러 가지 보말과 게를 잡고, 어쩌다가 소라도 잡을 수 있었다.

거기에 깔린 돌들은 좀 미끄러워서 조심해야 하는데 철없는 아이들은 이것저것 잡으며 노는 것에 정신이 팔려 이리저리 급히 다니다 넘어져 다치는 경우도 많았다. 일구도 한 번 거기에서 넘어져 무릎이 찢어지고 크게 벌어져서 상처를 싸매고 다니며, 꾸미거나 보태지 않고 정말 보름쯤 고생을 했었다. 밖으로 건드리기만 해도 따끔따끔 아프고 누더기처럼 부스럼이 일어 움직임도 힘들고 걷기가 힘들 정도였었다.

지금은 옛 모습이 하나도 안 보이고 그 자리엔 아스팔트 길과 호텔들과 방파제가 둘러져 있고, 사람들이 놀기 좋게 넓은 광장도 만들어 놨다. 그리고 그 옆에는 횟집들이 늘비하게 줄지어 있으면서 포장마차와 천막들도 가득하다. 구경하러 나온 사람들이 놀며 지나다니기엔 좋게 되었지만 일구가 그려지는 옛날 그 풍경과 바다 냄새는 거의 사라져 보이지 않는다.

어느 날 저녁이다.

퇴근하던 일구가 먼 바다를 보면서 방파제에 앉아 있었다.

해가 금방 떨어질 것 같은 시간이라 바다 풍경이 기가 막힌다. 벌건 노을과 만조의 바다는 잔잔하고 가득했다. 통통배들이 고기 잡으러 나가고 방파제까지 달려온 물결이 철썩철썩 거품을 물다 돌아간다. 하루를 접은 갈매기들이 동쪽에 우뚝 서 있는 사라봉과 별도봉으로 떼 지어 날아간다.

"계세요?"

찬용이네 집에서 처음 들어 본 수정이의 목소리가 들리는 듯하다.

"처음 듣는 목소리였지만 너무 익숙한 소리 같았어."

"후훗." 일구가 혼자 웃는다. 그 여자가 보고 싶다.

"나 같은 거 생각이나 할까?"

"그래도 그 길에서 봤을 때 싫어하는 얼굴을 아닌 것 같았는데…."

"야 임마, 그러면 여러 사람들 앞에서 인사하는데 싫은 얼굴을 할 수는 없잖아게."

"하긴 그 말이 맞겠지. 아무 이유 없이 싫은 표정을 하진 못할 테니까…."

일구는 속으로 혼자 말하고 듣고 하면서 하나둘 불이 켜지는 어등들을 보고 있었다.

이때 뒤쪽으로 지나가는 여자 셋.

"야, 야, 배들이 불을 켜기 시작하는 거 봐 봐."

"오징어 낚는 배들인 모양이다이."

"근데, 불을 켜야만 오징어가 잡히는 모양이지?"

"왜 사람들도 세상이 환해져야 모여들고 그러잖아게."

"호호호. 그 말은 맞다. 잠잘 때만 캄캄하면 되겠지?"

"호호. 야, 우리 저 포장마차에 가서 국수나 한 그릇 먹을까?"

천천히 걸어가며 대화를 하는 여자들.

"?"

일구의 귀가 쫑긋해지는 것 같다. 저 목소리 하나가 분명 찬용이네 집에서 자신의 귀를 쫑긋하게 만들었던 목소리다.

"?"

일구가 뒤를 돌아봤다. 그런데 이미 저쪽 멀리 가 버려서 그 여자들 얼굴도 못 보고 확인할 수가 없었다. 강아지 하나를 뒷손질하며 상체가 젖혀진 채 밉게 걷는, 털북숭이 얼굴을 한 키가 자그맣고 나이 든 할아버지가 일구가 있는 방향으로 오는 것만 보인다.

"? 분명 그 목소리와 닮았는데…."

가만히 살펴보니 그 여자들은 가까운 포장마차 안으로 들어간다.

"아니겠지…. 그래도 혹시 몰라."

"진짜면 어떻게 할 건데?"

"후후. 글쎄 말야."

일구는 혼자 중얼중얼해 본다.

날이 차츰 어두워지고 바다 위엔 어화들이 가득 피어 간다. 일구는 방파제에서 일어나 광장으로 내려왔다. 그러자고 마음먹었었던가. 일구의 발이 저절로 아까 지나간 여자들이 있는 포장마차 쪽으로 간다.

포장마차 안에는 탁자가 두 개 있는데 사람들이 모두 차지하고 있었다.

"… 맞다. 찬용이네 집에서 보고 다시 얼마 전에 직원들과 회식한 후 나와서 걷다가 길에서 만난 그 수정이가 분명하다."

맥주 한 병 까고 앉아 땅콩 한 접시와 무말렝이장아찌 놓고 마시며 국수가 삶아지기를 기다리는 모양이었다. 포장마차 주변에서 어떤 남자가 서성거리는 게 보였는지 셋이 한꺼번에 고개를 돌리고 일구를 본다. 일구는 얼른 고갤 돌렸다. 왠지 부끄러운 생각이 났기 때문이다.

"아, 오빠!"

"오빠?"

"찬용이 오빠 친구 맞죠?"

일구가 얼굴을 앞으로 하고 그 여자를 봤다.

"아, 수정 씨! 식사하고 계시구나에."

오빠? 수정 씨? 남들이 보기엔 두 사람이 잘 아는 사이로 생각할 것 같았다.

"오빠, 국수 한 그릇 살까요? 여기로 오세요. 여기에다 의자 하나 더 놓을 수 있으니까에."

수정이는 상냥했다. 찬용이 친구인 걸 아니까 서먹하지 않은 모양이다.

"여기로 들어오세요."

다른 여자들도 다시 권한다.

주저주저하던 일구가 용기를 낸다.

"하하. 이거 미안해서 어쩌지요?"

"괜찮아마씀. 야 수정아, 이 오라버니 우리에게도 소개시켜 줘라게. 호호호."

수정이가 뭐라 하려는데 일구가 나서며 말한다.

"예, 저 강일구라고 합니다. 수정 씨 동네에 찬용이라는 친구가 있는데, 그 친구네 집에서 수정 씰 만나서 알게 됐습니다. 미안하지만 여기 앉겠습니다."

일구가 용기를 내서 함께 앉는다.

"이 애는 다정, 저 애는 유정, 고등학교 동기들이구요. 아주 친하다 보니 다른 친구들이 '삼정이 삼총사'라고 한답니다. 호호호. 일구 오빠도 맥주 한잔하실래요?"

수정이가 말하자마자 일구가 얼른 대답한다.

"아이고, 그래도 되겠습니까? 그러시면요. 저는 소주를 좋아합니다. 소주 한 병과 한치 한 접시 시키고, 제가 오라방이니까 이 술값과 국수값은 제가 내겠습니다."

"히야, 오늘 수정이 덕분에 행운이 생겼네? 호호호. 그런데 이 오라방 마음씨도 좋을 것 같고 잘생기기도 한 것 같지이?"

"호호호. 닮아? 진짜로 멋지게 생겼는데게. 호호호."

수정이 친구 둘이서 킥킥거리며 재미있다는 듯 떠든다. 모두가 오래전부터 아는 사람들처럼 이야기들을 했다. 직장 이야기와 친구들 잔치하는 이야기와 휴가 땐 어디로 갈까 하는 이야기와 여러 가지 수다도 떨다가,

"수정아, 우리 둘인 버스 시간 때문에 얼른 가야겠다. 너는 이 일구 오라방과 더 있다가 가든지…."

수정이 친구 둘이는 먼저 가 버리고 일구와 수정이만 남았다. 술도 한 병 마신 일구는 서먹한 생각도 없어지고 하늘을 보면서 말했다.

"수정 씨, 달이 달무리를 둘렀네요?"

"예. 정말 곱네예."

하늘에 갓을 쓴 큰 달은 정말 장관이었다.

일구는 지금 꿈을 꾸고 있는가 하는 생각이 들었다. 어디에선가 수선화 향기가 날려 오는 것 같다. 아니다. 앞에 있는 수정이에게서 나는 향기 같다. 언제인가 봄꽃 가득한 화원을 지날 때 문득 풍겨 오던 그 냄새를 닮았다. 수선화! 그 꽃이 좋아서 일구는 마당 구석에 심어 두고 봄이 올 때쯤 그 향기를 코에다 대 보곤 한다.

"수정 씨, 저쪽에 가서 차 한잔 더 하고 가도 될까요?"

"… 예, 너무 늦지만 않으면요."

둘이는 걸어서 중앙로에 있는 '명지다방'에 갔다. 음악다방이라 음악을 좋아하는 젊은 사람들로 가득하다.

"수정 씨, 오늘 너무 고마웠습니다예."

"아니에요. 제가 더 고맙죠. 오빠에게 돈만 쓰게 하고…."

"하하하. 앞으로 제가요. 수정 씨가 먹고 싶은 게 있다고만 하면 돈 아깝지 않고 다 사 드리겠습니다."

"호호호. 고마워서 어쩌지요?"

음악이 흐른다. 에이스케논의 〈로우라〉가 금방 끝나고 디제이의 멘트.

"밤이 익어 갑니다. 우리들도 모두 익어 갑니다. 사랑으로 익어 가면, 미칠 듯이 익어 가면, 오늘도 보람찬 하루가 반드시 되겠지요? 폴 앙카입니다. 크레이지 러브!"

다방 안 분위기가 젊음으로 꽉 차 있다.

사실, 일구는 아까 탑동 포장마차에서부터 가슴이 쿵쿵 뛰었다. 눈은 어딜 향해야 하는지 손은 어디에 놓아야 하는지 목소리는 어느만큼 크게 내야 하는지, 태연한 척하면서도 마음은 긴장되며 흔들거리는 의자에 앉은 것 같았다.

잠시 음악을 들으며 둘이는 조용하다.

일구는, 아무 때고 생각나던 그 사람과 둘이만 있어도 뭘 어떻게 해야 할지도 모르고 무슨 말을 걸어야 할지도 몰라 그냥 주저주저할 뿐이었다.

일구가 수정이 눈치만 슬슬 살피는데 수정이가 먼저 입을 연다.

"일구 오빠 찬용이 오빠와 갑장들이지양?"

"예. 그렇죠. 고등학교 동기동창이구요. 제일 가까운 친굽니다. 하하하."

수정이가 먼저 말을 꺼내자 일구도 말문이 트이며 어색한 듯 웃으며 말한다.

"그 오빠 참 좋고 착한 사람이에요. 저와 같은 동네라서 이웃 사람이 다 그렇게 말들 해마씀."

"그렇죠. 사나이답고 의리도 있구요…."

이런저런 말을 하는 가운데 일구가 용기를 냈다. 다시 언제 말할 기회가 있을지 모른다는 생각이 났기 때문이다. 헛소리가 될지 몰라도 해 봐야 한다….

"수정 씨, 나중에도 우리 둘이 이렇게 만날 수 있을까요?"

"예 그렇죠. 우리 사무실로 아무 때나 전화하세요. 제주시청 총무과 찾으면 됩니다. 제가 특별히 바쁠 때가 아니면 만나서 차도 마시고 탁구도 치고 하자구요. 그리고 찬용이 오빠하고도 언제 함께 만나고 싶네에."

선뜻 대답하는 수정.

"야호!" 일구는 속으로 소리쳤다. 그렇게 멀게만 생각되던 수정이와 이렇게 가까워질 수 있다니….

일구가 속으로 기뻐서 외치고 있는데,

"그런데 오빠!"

"예?"

"아까 '백록담물산'에 다닌다고 했지양?"

"예. 입사해서 몇 달 됐어요. 왜요?"

"아, 별건 아니구요. 아까 탑동에서 말을 할까 하다 말았는데, 그 회사에 김두병 전무님이 우리 큰아버지거든요."

"예? … 그렇군요. 아이고, 이거 제가 더 잘해야 하겠군요. 하하하."

수정이에게서 그 말을 듣는 순간 일구도 놀라지 않을 수가 없었다. 그 전무님은 호탕하게 술도 즐기고 사원들을 많이 아껴 주기도 하는, 직원들이 모두 좋아하는 웃어른이었다.

5. 내 심장아, 너도 좋으냐

"일구야, 회사 일은 어때? 어렵진 않아?"

"응 찬용아, 할 만해. 나 주제에 죽기 살기로 해야 될 것 아닌가? 후후후. 직원들이 아주 좋은 사람들뿐이야. 많이 도와주고 배워 주고 그래."

찬용이가 오랜만에 일구 사무실로 전화를 한 거다.

"근데 찬용아, 그렇지 않아도 내가 너에게 전활 하려 했었는데, 얼마 전 너희 집에서 만난 그 수정이라는 여자 있잖아이?"

"응. 왜?"

"나 어제 저녁 탑동에서 우연하게 만났어. 친구들과 같이 바람 쐬러 나왔다더군. 같이 술도 한잔하고 차도 마셨어."

"히야, 그래? 언제 수정이랑 약속해서 한번 같이 만날까 했는데 거 잘되었군."

"수정이도 찬용이 오빠랑 같이 만났으면 하더라. 후후후."

"크큭. 그 얘네 아버지와 우리 아버지가 아주 가깝게 친하니까 그 애도 우리 사이만큼이나 가깝게 생각이 든다게."

"찬용아, 오늘 시간 있어? 말 나온 김에 내가 너에게 취직 턱으로 한 턱 사지. 수정이랑 같이들 보자."

"알았다. 그러면 내가 수정이에게 연락해서 시간을 잡을게."

"그러자. 내일은 휴일이니 오늘은 시간도 많고게…."

여름이라 퇴근 시간에도 날이 훤하다. 퇴근하는 사람들은 더위 속에서 하루를 견디며 일을 했어서인지 아침에 펴진 얼굴보다 약간씩 지쳐 보인다. 그래도 수풀처럼 가득한 건물들 그림자 사이로 난데없이 서쪽 바람이 불어오기도 하고 회오리바람이 잠깐 스쳐 가며 사람들 더운 이마도 쓰다듬어 주고 치마 입은 아가씨들 손을 치맛자락으로 가게도 한다.

더위에 축 늘어졌던 가로수들도 달려드는 바람을 그냥 보내지 않는다. 마중하면서 이파리로 품어 주기도 하고, 보낼 땐 가져가라며 나뭇잎 몇 갤 손에 쥐어 주기도 한다.

일구는 찬용이에게서 수정이와의 약속시간을 듣고 난 후부터 심장이 더 살아났다. 박동이 더 커지는 심장은 자기가 약속한 듯 앞에 나서 날뛰며 쿵쿵거린다.

"맞아. 심장은 나보다 더 정직하니까…."

일구의 퇴근길은 일구보다 심장이 더 급한 것 같았다.

"일구야, 여기."

과양에 있는 명륜다방에 일구가 약속한 시간에 맞춰 들어서니 찬용이와 수정이랑 수정이 친구인 다정이가 미리 와 있었다.

"햐, 빨리들 왔구나게."

"그렇지. 한턱 잘 먹으려니 나는 일찍 나서서 왔지. 점심도 반만 먹어서 배가 홀쭉했으니까 알아서 해라이? 크크큭."

"수정 씨도 퇴근하고 곧바로 오셨어요?"

"네. 가까운 데라 슬슬 걸어서요."

"다정 씨, 어젯밤엔 집에 잘 들어가셨지양?"

"호호. 누가 납치해 줬으면 했는데 아무도 쳐다보질 않던데요. 호호호."

"찬용아, 네가 먹고 싶은 거 말해 봐. 차 한잔 얼른 하고 나가자. 나도 배가 고프고…."

"저쪽 가까운 보성시장에 가서 돼지갈비나 먹을까이?"

"좋지. 수정 씨나 다정 씬 어떠세요?"

여자들도 고갤 끄덕인다.

"여기요! 여기 설탕 좀 더 주세요." 찬용이가 주문한다.

넷은 가까운 보성시장으로 자리를 옮겼다. 아까보다 날씨가 더 덥다. 한라산 쪽에나 서귀포 부근에 비가 내리고 있을 것 같다. 시장통 식당들은 사람들로 들끓고 있었다. 다행히 네 사람이 앉을 자리가 있는 식당을 찾았다.

"갈비로 먹을까?" 일구가 하는 말에

"예. 난 양념갈비가 좋아마씀." 다정이가 대답한다.

"그러면 생갈비 이 인분에 양념갈비 이 인분을 먼저 시킬게."

"그러자. 생갈비에는 돌소금으로 달라고 하자이?"

찬용이와 일구는 웃도리를 벗어 기둥에 있는 옷걸이에 걸어 두고 젊은 넷은 술을 시켜 놓고 맛있게 저녁을 먹었다. 수정이도 소주 몇 잔은 했다. 다정이는 아예 술꾼이었고….

"야, 수정아, 술은 마시면 취하는 거구나이? 호호호. 난 벌써 세상이 흔들거리네. 나만 먹이지 말고 너도 한 잔 더 해 봐. 너는 같은 동네에 찬용이 오라방이 같이 갈 거니 걱정 없이 먹어도 되잖아게. … 에구 술이 떨어졌네."

빈 술잔을 수정이에게 권하려던 다정이가 말한다.

"일구 오라방, 한 잔 더 먹어도 되지양? 근데, 크크크. 일구 오라방이 수정일 처다볼 땐 눈빛이 왜 그래요? 너무 불덩이처럼 이글거려서 수정이 얼굴이 화상을 입겠어요. 호호호."

"야, 너! 헛소리할래? 기집애가…."

수정이가 다정이를 흘기며 툭 때린다.

"아니, 난 본 대로 사실 대로만 증언합니다게. 크크큭."

수정이는 말이 없는 편이었고 다정이는 명랑하기도 하였지만, 사람

나름인 자기 직장 상사와 직원들 흉을 보기도 한다. 아무리 싫어도 직원들 우스갯소리에 같이 맞춰 주며 차 심부름도 해야 하고 성가신 일들도 그럴 듯하게 깔깔거리는 게 말이 많은 편이었다.

찬용이는 다정이 말에 "크크크. 아, 그렇구나예." 하며, 말하는 다정이 기를 살려 주곤 하였다.

넷은 식사도 맛있게 하고 재미있는 이야깃주머니를 풀어놓다가 다음에 다시 만날 걸로 약속하고 헤어졌다.

찬용이와 수정이가 같은 동네라 함께 가고 일구는 다정일 택시에 태워 주고 난 후 혼자 터벅터벅 집으로 갔다. 음력 그믐쯤이고 날씨도 비가 내릴 듯 캄캄하다.

"휴우~ 수정이는 너무 곱고 착한 것 같아."

"이 친구 이거 눈에 콩깍지가 쓰여 가는구나이. 낚시에 걸린 우럭이 돼 가는 모양이지? 후후후."

쿵쿵거리는 심장이 일구를 놀린다.

"야, 그러면 어쩌란 말이냐게. 니가 더 바쁘게 나서면서…."

집에 들어온 일구는 도저히 잠이 안 온다. 조금 전 소나기가 지나간 후에 세상은 고요해지고, 열린 창문 틈으로 보이는 바깥은 캄캄하다. 저 세상이 수정이 마음 같다. 날 어떻게 생각하고 있는지 전혀 캄캄한 세상! 마음속에 뭔가가 허전한 것 같고 조급해진다. 그래도 그저 생각나는 건 수정이뿐.

"넌 어제저녁부터 지금껏 수정이 생각만 하고 있구나. 야! 정신 차려라게."

심장이 말 한마디 던진다.

"에휴, 그럼 어떡해야지? 무조건 꽉 잊어버리고 살아야 돼?"

"야, 그래도 그 마음을 수정이에게 고백해 봐라게."

"어떻게 말하니? 난 자신이 없어. 그랬다가 수정이가 흥 하고 팅겨 버리면 어쩔 건데? 뭐라고 말하라는 건데?"

"그거야 나도 알 수가 없지. 네가 바로 난데…."

일구는 자기 속에 있는 또 하나의 일구와 씨름을 한다.

"아, 이게 사랑이라 하는 건가? 내 마음을 붉게 물들이고 하나로 모아지는 것. 그렇게 쌓아 놓고 달콤한 부분만 비틀어 짜며 누군가에게 달아나 버리면 나중엔 쓰디쓴 마음만 남아 힘이 들 텐데이…."

"안 되겠다. 다음에 만나면, 수정이가 내 말을 무시하여 헛말이 돼 버리고 부끄럽게 되더라도 죽기 살기로 한번 말해 봐야지."

일구는 수정이에게 자기의 마음을 고백하겠다고 단단히 다짐을 했다.

"뭐라고 말을 하지…?"

곰곰이 그 생각만 하다 어느 사이에 잠이 들었다.

월요일 넘기고 화요일.

여름이 더 익어 가는 모양인지, 여름을 싫어하는 사람들에게 볕은 더 쨍쨍 쏟아져 내리고 사무실마다 에어컨 돌아가는 소리가 천둥소리 같다.

책상 위의 서류와 씨름을 해야 하는데 수정이만 생각난다. 화장실에 다녀오는데도, 옆 사무실에 가서 일을 볼 때에도, 수정이 생각이 동동거리며 따라 다닌다.

"야 일구야, 정신 차리고 할 일은 잘해야지."

자기가 더 초조하면서도 일구에게는 정신 차려라 하는 심장.

"아, 준기 삼촌!"

얼마 전 첫 월급 탄 날 시내에 모시고 가서 저녁과 술 한잔 사 드린 후론 바빠서 뵙질 못했다.

"심장이 뜨거워야 살아 있는 거여이?"

갑자기 준기 생각이 나서 힘이 확 살아나는 것 같다.

"아, 맞죠? 내가 지금 사람답게 살아 있는 거지양?"

"맞다. 내 심장아, 더 쿵쿵 뛰어도 좋다. 후후후. 나도 사나인데⋯. 내가 알아서 해야 한다."

오후가 되었다.

"수정 씨, 저 강일굽니다."

"네, 일구 오빠, 점심은 잘하셨어요? 날이 더워서 전 냉국술 먹언마 쓈. 호호호."

전화를 기다린 사람처럼 수정이가 반겨 준다.

"예. 저는요. 식충이처럼 순댓국에 공깃밥 두 개나 먹어서 씩씩거려 지네요. 하하하. 요전 날은 찬용이랑 집에 잘 들어가셨지예?"

"네. 찬용 오빠가 집 앞에까지 택시로 태워다 줘서요."

"그 녀석, 나이가 들어 가니 철들어 아주 착해졌구나게. 하하하. 그런데 수정 씨, 오늘도 제 마음이 수정 씰 막 보고 싶어 해서 큰일이네 마씀. 어떻게 시간이 되겠습니까?"

"……."

수정이가 잠시 조용하니 일구는 움칫해진다.

'내가 성급하게 염치없는 말을 꺼냈나?…' 하는 걱정이 생기는데,

"예. 일구 오빠, 요전번 그 다방으로 퇴근하면서 갈게요. 여섯 시 반까지 가면 되겠지예?"

'후유~ 다행이다.' 일구는 전화기를 내려놓으며 입이 헤벌어진다.

"야호~ 야아호호, 내 심장아 너도 좋으냐? 후후후."

"으, 좋다. 후후. 이 마음으로 우리가 한 백 년 살았으면 좋겠다."

"백 년? 야! 웃기지 마라. 사람 목숨은 누구도 모르는 거야. 낼 모레도 모르는 게 사람이잖아. 잘 아는 것이 헛소리는…."

"야, 니도 그렇게 생각하고 있으면서 왜 그래? 후후. 그래도 저 수정이랑 같이 살았으면 좋긴 하겠다. 그지이?"

"글쎄. 맞긴 하지만, 세상일은 모르는 거니까 너무 욕심 내지는 말라게. 내 심장아!"

명륜다방.

〈사랑의 스잔나〉에 나오는 〈원 섬머 나잇〉이 진추하의 목소리로 다방 안을 듬뿍하게 적신 후에 음악이 바뀌진다. 새 음악은 쿵쿵 뛰는 심장을 펴 보이는 것 같고, '탕탕 탕탕 탕타르르르 탕탕, 탕탕 탕탕 탕

타르르르 탕탕!' 탱고 리듬으로 시원한 고백 같다. 숨기는 것 하나 없이 여러 마음을 나란하게 쭉 세워 놓고 음악과 함께 춤을 추며 하나하나 보여 주는 것처럼.

'탕탕 탕탕 탕타르르르 탕탕, 탕탕 탕탕 탕타르르르 탕탕!' 여러 악기의 웅장한 하모니다.

"오빠, 저 음악이 라쿰파르시타지예?"

"예. '떠나가 버린 사람 생각하며 밤새워 우느니 춤이나 실컷 추자.' 하는 음악 같아요. 하하하."

"호호. 그럴듯하게 말씀하시네요. 아닌게 아니라 저 음악을 들으니 그런 생각이 나긴 하네요."

커피가 반씩 남아 있고 십 분쯤 가만히 앉아 있으면서도 둘이는 벙어리처럼 있다가 수정이가 먼저 입을 연 것이다. 그것도 디제이가,

"싸락눈이라도 후다다닥 지나갔으면 좋을 것 같고 얼음이라도 만지고 싶은 날입니다예. 오늘 하루도 모두 애쓰셨지요? 수고하셨습니다. 이제는 사랑이 할퀴고 지나간 그 가슴으로, 묶인 줄 끊고 나온 황소처럼 외양간을 뛰쳐나온 조랑말처럼 마음 터놓고 자~ 떠오르는 추억들은 부스러기까지 모두 둥글게 뭉쳐서 던져 버려 두고 얼크러지거나 매듭진 사랑은 그대로 낡아지게 놔두고 그저 춤이나 추자! 하면서 라쿰파르시타가 나서고 있습니다양."

이러한 멘트를 하며 음악을 새것으로 바꿔 놓으니까 말거리가 생긴 거다.

"수정 씨, 난 저 음악 들으면 왠지 용기가 살아나는 거 같아마씀."

"……."

"저 오늘 용기를 내서 말할게요. 수정 씨."

"……."

"저 있잖아요. 눈을 뜨거나 감거나 꿈을 꾸거나 회사에 가 있거나 온통 수정 씨 생각만 납니다."

"……."

"수정 씨가 한시도 여유를 주지 않고 내 속에서 삽니다."

"……."

"제가 실없는 말을 하는 것 같습니다예."

수정이가 아무 대답도 하지 않으니까 일구는 실망한 마음이 들면서 커피잔만 만지작거린다.

"…… 일구 오빠, 그렇게 말해 줘서 너무 고마워요. 아직은 뭐라 말씀드리진 못하겠지만, 저도 일구 오빠만 자꾸 생각이 나서 걱정되기도 합니다."

"?"

"찬용 오빠네 집에서 일구오빨 첨 본 후부터 제 속에도 오빠가 항상 들어와 살아요."

"아~ 수정 씨."

일구 심장이 쿵쿵 뛰다가 힘들어서 금방 넘어질 것 같다.

"후후. 더 진도가 나가도록 말해라 일구야." 심장이 쿵쿵 독촉한다.

"수정 씨, 고맙습니다. 나는 집안도 학교도 너무 부족한 남자라서, 이런 말하는 나를 미워하거나 싫어하면 어쩌지 해서 어젯밤 한숨도 못 잤습니다. 후후. 그럼 우린 서로 좋아하는 거 맞지양?"

말을 하고 나서도 일구는 빙긋이 웃음이 나왔다. 자기 말이 너무 우습게 느껴졌기 때문이다.

"사실, 우리 집에선 저에게 빨리 결혼하라고 다그치고 있거든요."

"…… 일구 오빠, 그런 말은 좀 더 천천히 하기로 해요. 부모님들은 어떻게 생각할지도 모르고예…."

"알았습니다. 수정 씨, 아무튼 수정 씨 마음을 듣게 되어 너무 기쁘고요. 하늘로 높게 날아가는 느낌이 듭니다. 하하하."

"호호. 오빠 이제는 저에게 수정아 하며 부르고 말도 낮춰 주세요."

"응. 아떠 수덩아!"

둘이는 심간이 편안하게 함박꽃이 벌어지듯 웃었다.

6. 친구들

"따닥 딱."

당구공들이 휙휙 돌아가다 공 하나가 구석진 곳에서 힘이 갑자기 죽어 버린다.

"에이 그 새끼, 왜 똥코로 들어가 죽어 버리냐게."

"크크 일구야, 어찌 오늘은 공이 맥을 못 쓴다이. 엊저녁 볼일이 있다더니만 어디 구석진 곳으로만 헤맨 모양이구나. 흐흐흐."

"글쎄 말야. 그렇지는 않았고 직원들과 회식하고 중앙로부터 과양까지 큰길로만 걸어 다니며 까불었는데, 공이 왜 구석으로만 박아지는지 모르겠군. 얌마, 주인이 취하면 그 손도 같이 취하는 거지게. 하하하."

용성이가 서울서 배운 당구 실력으로 당구공을 휙휙 돌리며 다섯

점이나 맞힌다.

"햐, 서울은 아무거나 그렇게 딱딱 잘 돌아가는 모양이군. 넌 아줌 마들과 몸뚱어리 맞추며 휙휙 춤추는 것도 당구공처럼 날렵하게 잘 맞던데. 크크크."

서울에 가서 사는 친구 용성이가 오랜만에 벌초하러 내려왔다가 일 구와 찬용이를 만나 저녁을 먹고 당구를 치는 모습들이다.

"크크. 2차는 아무래도 일구가 사야 할 것 같다."

찬용이의 말에 일구가 대답했다.

"알았다게. 내가 지난달 서울에 출장 갔다가 용성이에게 신세 많이 진 것도 있고 해서 핑곗김에 오늘은 내가 한잔 사지. 후후후."

셋은 고등학교 때부터 가까운 친구들이어서 사회에 나온 후에도 기 회가 되면 만나서 재미있게 지내곤 한다.

"야, 찬용아, 용성아, 특별히 먹고 싶은 거 뭐 있냐?"

"아냐, 아직 저녁 먹은 배가 그냥 있어서 뭐 먹고 싶진 않다."

"그래? 후후후. 그러면…. 저 무근성 고망술집에 가서 막걸리에 소 주에 한잔할까? 용성이도 왔는데 오랜만에 기분이나 풀어 보게."

"그러자. 크크크."

일구가 말하자마자 둘이서는 기다렸다는 듯이 합창으로 대답하며 웃는다.

"사랑해선 안 될 사람을 사랑하는 죄이라서, 말 못 하는 이 가슴은

이 밤도 울어야 하나….”

용성이 옆에 앉은 목소리 고운 아줌마 하나가 젓가락 장단을 치면서 듣기 좋게 노래를 시작한다.

'탁 타다 탁탁, 타다다다 탁탁'

트롯리듬으로 장단들이 딱딱 맞아 든다.

방 한가운데 놓인 상 하나에 소주, 맥주, 막걸리 서너 병씩 올려 있고 아줌마 셋과 사내놈 셋이서 세상이 어떻게 돌아가든 젓가락으로 다 부숴 버리며 살 것처럼 눈을 감고 입천장 내보이는 노래로 '탁 타다 탁탁, 타다다다 탁탁' 술상을 두드리는데, 인생들에게 하도 많은 매를 맞은 술상이라 놔서 술상을 두른 테두리들이 거의 찌그러져도 '타다다다 탁탁' 두드리는 인생에 맞춰 주며 둔탁한 소리를 죽어라 내준다. 그리고, 누가 뭐라 해도 트로트 장단에는 젓가락이 최고다.

“전화를 걸려고 동전 바꿨네. 종일토록 번호판과 씨름했었네. 그러다가 당신이 받으면 끊었네. 웬일인지 바보처럼 울고 말았네. 그건 너, 그건 너, 바로 너, 때문이야.”

잘 꺾어지는 용성이의 노래에 젓가락들은 더 힘을 냈고 여자들 얼굴도 더 발개질 즈음.

'와닥탁!'

거실과 방 사이 문이 쓰러지며

“그래 너 때문이다 이년아, 너 이리 나와. 니 군서방도 데리고 나와. 오늘 다 죽여 버릴 테니까.”

술상 위로 덮치는 문 때문에 상에 있던 술병들과 술잔들 모두 엎어
지고 방 안에 있던 남녀들은 어안이 벙벙해 있는데, 용성이 옆에 앉았
던 여자 얼굴이 파래지면서 말하였다.

"아이고 주팔 씨, 왜 그러세요."

"뭐라고? 주팔 씨? 너 이 씨팔년, 친구 만날 일이 있다고? 날 속이고
이렇게 빳빳한 사내놈 숨겨 놓고 날마다 이 짓거리지?"

그 남자는 싸움질이나 잘할 듯 풍채도 좋고 얼굴을 험악하게 찡그
리는 이력도 많을 듯한 사내였다.

"야 이 새끼야, 니가 우리 각시 꼬셔 먹은 놈이냐?"

그 사나이가 용성이 모가지를 잡고 흔든다.

"어이쿠, 왜 그러십니까. 이거 놓고 말하세요. 난 아무 상관이 없는
사람입니다. 오늘 처음 여기에 온 사람입니다."

"뭐? 이 새끼. 너 오늘 나한테 죽었다."

그 남자가 용성이를 방구석으로 밀친다.

여자들 비명소리와 술잔 깨지는 소리가 같이 어우러진다.

방구석에 쓰러졌던 용성이가 후다닥 일어선다. 넘어지면서 깨지는
술잔에 얼굴이 긁힌 모양인지 얼굴에서 피가 흐른다. 용성이가 한 손
으로 피를 쓰윽 문지르면서 말했다.

"야, 이 새꺄! 너 누구야? 아무것도 모르는 놈이 와서 무슨 행패야?"

"뭐? 너 이 새끼, 우리 각시를 어떻게 구슬려 놨나."

용성이와 그 남자가 서로 재빠르게 모가지를 잡고 밀쳐 댔다.

"주팔아, 왜?" 하는 소리가 나면서

'와당탕'

나머지 문짝이 부서지는 소리와 함께 구두를 신은 채 방 안으로 들어서는 젊은 남자들 셋.

"너희들 뭐야?"

일구와 찬용이가 용성이 모가지를 잡고 있는 녀석을 잡아끌어다가 방구석으로 내동댕이쳐 놓고 용성이를 뒤로하여 앞에 나선다.

"이 새끼!"

소리치며 사내놈 하나가 일구의 얼굴을 주먹으로 박는다. 순간적으로 얼굴을 맞은 일구가 그 사내놈 명치 쪽을 힘껏 쥐어박는다. "컥!" 소리가 나더니만 그 남자가 가슴을 움켜쥐며 앞으로 꼬꾸라진다. 딴 남자 둘이 일구에게 달려든다. 찬용이의 주먹이 한 놈 얼굴을 쥐어박고 다른 한 놈의 배때기를 발로 찬다. 찬용이는 태권도 유단자였다.

비명소리와 함께 여자들은 방 밖으로 달아나고 좁은 방에서 사내들끼리 얽혀져 싸우다가 모두 밖으로 나왔다. 술집 주인이 쳐들어 온 남자들에게 뭐라 막 사정을 하여도 남자들은 버럭버럭 소리만 지르며 싸우려고만 하는 거다.

일구네는 어이가 없었다. 잘못이란 건 친구들 간 오랜만에 만나서 기분 좋게 술 한잔하는 것뿐인데, 이상한 놈들이 나타나서 이 모양이니 기분도 나쁘고 화가 났다. 셋이 모였는데 세상 무서운 것도 없다.

가슴이 쿵쿵거리며 힘이 생긴다.

옛날, 이렇게 어울려 다니며 패싸움도 여러 번 해 봤다. 술도 얼근했겠다 뭐, 한번 붙어 보자! 일구와 찬용이와 용성이 셋이 서로 말은 안 해도 취한 김에 옛날 그 기백이 살아난 거다.

찬용이가 나선다.

"야 이 새끼들아, 우리 기분 좋게 한잔하는데 너희들이 뭔데 들어와서 훼방이냐?"

"뭐? 이 새끼들? 좋다. 해 보자."

아까 찬용이에게 얼굴을 맞은 사내가 소주병을 손에 들고 길가에 있는 돌담에다 깨트리며 덤벼든다. 찬용이가 앞으로 병을 내밀며 달려드는 그 사내 손을 오른발로 팍 차니까 그 남자 손에 모가지만 남았던 술병은 날아가고 찬용이 왼발이 그 남자 얼굴을 갈긴다.

주팔이라는 남자와 다른 사내들이 술병과 길가에 있던 돌을 들고 앞으로 나선다. 일구네는 모두 태권도 폼을 잡고 마주했다. 이때,

'애앵, 앵'

번쩍거리며 급하게 달려오는 경찰차.

무근성이 가까운 관덕정 옆 중앙파출소.

"묻는 말에나 대답하세요. 그리고 옆에서들 떠들지 마시고…."

큰 소리로 말하는 순경들과 남자 여자 여남은 사람이 모여 앉아 있다.

순경 하나가 책상 위에 종이를 펴놓고 이런저런 말을 묻고 대답하는 대로 적어 가는 파출소 사무실은 너무 비좁았지만, 언제 술을 먹고

언제 싸움판을 벌였는지 모를 정도로 파출소 안에서는 모두 얌전한 사람 같았다.

"에이 오늘 재수가 없었네."

"하하. 그래도 오랜만에 속이 시원하게 펴지네."

"그 새끼들, 언제 한번 제대로 붙어 봤으면 좋겠다. 흐흐흐."

일구네가 파출소 진술서에 손도장을 눌러 두고 먼저 나와서 하는 말들이다.

허가 없는 고망술집에서 술을 먹은 잘못은 인정하고, 패싸움에서 생긴 상처 따위는 서로 간에 없었던 일로 합의가 됐다. 그 합의도 상대방 남자들이 먼저 사정을 해 온 거다. 아마도 폭행죄가 나오면 가중 처벌이 두려운 경우가 그 남자들 중 누군가 있는 느낌이었다.

딴 사람들의 사정을 보니, 결혼도 안 하고 함께 사는 주팔이라는 사람의 부부가 있는데, 사내놈이 날마다 술이나 처먹고 수입 한 푼이 없으니까 여자가 가끔 술집에 나가서 살림 돈을 벌어 오는 모양인데 주팔이라는 그 남자는 자기 부인과 붙어먹는 남자를 꼭 잡아내서 족치고 돈이라도 뜯어먹을 양으로 친구들까지 데리고 와서 그 난리가 났던 것이었다.

7. 사랑의 과정

어느 토요일.

'따르릉~'

"예, 강일굽니다."

"아 일구 오빠! 오늘은 제가 바빠서 못 만난다 했는데양. 내일은 시간이 어떻게 되세요?"

"내일마씀? 나야 수정 씨만 시간이 된다면 언제나 대기 중입니다게. 하하하."

"호호. 그러면요. 내일 우리 집에 오실래요? 부모님들이 저 촌에 잔치하는 델 가고 집에 없을 거니까 오세요. 우리 남동생과 나하고만 집에 있을 거예요. 오시면 점심을 차려 드릴게요. 열한 시쯤에 오실 수 있겠어요?"

"아, 알았어요. 근데 어떻게 찾아가지요?"

"네. 초등학교 바로 뒤로 오시면 제가 시간을 맞춰 나갈 게요."

때는 보리장마 철이라 밭일들도 손을 놓고 있을 때다.

일구가 익히 알고 있는 수정이네 마을의 기본은 어촌이지만, 수정이네는 배도 없이 농사지으며 살았고 할머니 때부터 갯가에 해산물들을 잡고 캐어다 먹는 게 보통이었으니 해산물은 아쉽지 않을 만큼 먹고 사는 것이다. 그리고 어촌이라도 농사짓는 집이 많아서 동네 안에 정미소도 있다 한다.

수정이네 집은 큰 기와집에다 집에 들어서는 대문이 있는 바깥채와 옆에 다시 곁채도 있었다. 집 울타리에 붙어서 텃밭이 있고 그 밭으로 들어가는 옆 울타리는 자잘한 돌로 쌓아져 있었고 반쯤 열린 사립문이 달려 있었다.

고구마 농사도 한 모양인지 마당에 들어서는 문간 안에 절간고구마가 널려 있고 마당에 수도가 있는데 그 앞에 큰 빨랫돌이 깔려 있고 바지랑이도 곁에 누워 있었다. 집에 들어가 보니 마루 천정도 높은 집인데 고방문과 부엌으로 통하는 문도 튼튼하게 보였다. 부엌에 가기 전에 있는 조그마한 마루도 보통 집보다 넓었고 여러 가지 세간들이 고급스러운 것 같아 부잣집인 걸 쉽게 알 수 있다.

문득, 아홉 평 초가집에 스레트로 지붕개량한 낡은 자기 집이 생각난 일구는 기가 죽고 부끄러운 생각이 얼른 스치며 지나간다.

"제가 점심밥 준비하는 동안 우리 동생과 같이 놀 수 있지양?" 수정이가 부엌으로 들어간다.

고등학생인 남동생은 기타를 치고 있었다.

"그거 이리 한번 줘 봐. 나도 쳐 볼게."

일구가 기타줄을 조정하고 기타를 친다.

기타 독주곡 〈추억의 쏘렌자라〉와 〈로망스〉를 치고 난 후, 송창식의 〈고래사냥〉, 양희은의 〈이루어질 수 없는 사랑〉과 팝송 〈Lanovia〉, 〈Sailing〉을 줄줄 치고 부르다 보니 그 남동생 입이 크게 벌어져 있었다.

그 동생 부탁으로 기타 치는 걸 가르쳐 주고 있으니까, 부엌에서 불을 때는 연기와 밥 익는 냄새가 구수하게 나고 조금 있으니까 수정이가 밥상을 들고 들어왔다.

"뜸을 오래 들이지 못해서 밥맛이 어떨지 모르겠어요. 그래도 천천히 맛있게 많이 드세요."

밥상엔 한 사람이 하나씩 알루미늄 그릇에 밥을 떠놓고 순두붓국에 고등어 한 마리 구워 놓고 실파를 썰어 놓은 계란볶음에 모자반 반찬에 생선 아가미젓갈에 콩짠지에 갓나물 김치에 청상추와 깻잎이 올라왔다.

"아이구, 이거 언제 이렇게 차렸어요? 그리고 이건 무슨 젓갈인고양?"

"네, 생선 아가미젓갈이고예. 옆집에서 배를 하는데, 잘라 버린 전갱이 아가미를 조금 갖다 주니까 젓갈로 담아 둔 거에요."

일구는 배고픈 김에 맛있게 먹었다.

거의 다 먹을 무렵 수정이가 미리 데워 둔 모양인지 따뜻한 숭늉을 가져오고 나중엔 사과를 들고 와서 먹음직스럽게 썰어 준다.

‘이 여자와 결혼할 수 있다면 얼마나 좋을까….’

일구 마음은 그 생각으로만 기울어진다.

일구와 수정이가 바깥으로 나와, 오 분쯤 걷노라니 마을 포구가 나왔다. 포구와 주변엔 사람들이 별로 없었고 조금 떨어진 곳에선 숨비소리가 들린다.

일구도 휘파람이 나왔다. 아까 수정이 동생과 같이 기타를 쳐서인지 휘파람이 〈고래사냥〉 멜로디를 연주한다. 마침 가까운 바다에서 돌고래 떼가 지나간다.

“아까 보니까, 일구 오빠 기타를 너무 잘 치던데요?”

“아이고 아닙니다게.”

“그러니까 언제부터 기타를 배웠죠?”

“치기는 중학교 때부터 혼자 만지작거렸는데…. 나중에 손을 놓고 안 치니까 다 녹슬어 가더라구요.”

“그래도 보통 솜씨가 아니던데마씸.”

둘이는 암반이 깔린 쪽으로 갔고 수정이가 갖고 온 돗자리를 깐다.

오늘은 멀리 있는 수평선이 높아 보인다.

“저 해녀들은 어디 가서 몸을 씻지요?”

“저기 돌로 빙 둘러막은 곳 보이지에? 그 안에 산물이 나오니까 거기서 씻고 옷도 갈아입고 합니다.”

“그런데, 수정 씨도 이 갯가에서 해산물을 많이 잡겠네요?”

“어릴 때부터 해경 무렵에 물이 많이 빠질 때는 자그마한 바구니를 들고 큰 바구니를 찬 어머니와 할머니를 따라와서 보말과 게랑 이것 저것 잡고 미역이나 톳 같은 해초들도 뜯곤 했지요."

"너무 좋군요. 난 중산간 사람이라 어릴 적부터 바다를 굉장히 좋아해서요. 틈만 나면 바다로 달렸었지요. 하하하."

먼 수평선을 보며 일구가 생각에 잠긴다.

아이들은 달렸다. 잡히면 큰일 난다. 열 살에서 열두 살까지 난 아이들 넷이 제주비행장을 가로질러 달린다.

비행장 뒤에 있는 어영바다에 가려면, 비행장이 주변을 너무 넓게 차지하고 철조망 울타리로 막혀 있어서 한참을 돌아가야 하기 때문에 시간이 많이 걸린다.

그런데, 철조망을 기어 넘어 비행장 활주로를 가로질러 가면 바다까지 그 거리가 상당히 가까워 금방 갈 수 있다. 어린 아이들은 한 번 그렇게 다닌 후부터는 꼭 그곳으로만 바다로 가고 싶어 했다. 그날도 그렇게 비행장을 가로질러 달렸다.

그런데 그날 제대로 잡혔다.

아이들을 쫓아와서 붙잡은 아저씨들은 둘이었는데 한 사람은 성깔이나 부릴 듯 생겼고 빡빡 깎은 머리에다 얼굴에 마른버짐이 두어 개있는 사람이었고, 또 하나는 덧니가 있으면서 눈을 자꾸 깜빡거리는 아저씨였다.

제일 뒤에서 따라오던 열 살짜리 일구 옆집 아이가 잡혀서 울부짖는 소리를 하니, 그 애를 데리고 온 열두 살 일구는 더 도망가질 못하

는 것이다. 그 애는 머리를 빡빡 밀어낸 아이였는데 그 머리에 부스럼
도 몇 개 있는 아이였다.

"거기들 안 설래?"

그 소리에 일구가 멈춰 서니 모두들 같이 멈춰 선다.

"이 어린것들이 여기가 어딘데 겁도 없이 넘어 지나가려고 하냐."

중머리를 한 아저씨가 나서서 일구 모가지를 잡아 흔든다.

"아저씨, 잘못했습니다. 다시는 절대 그러지 않겠습니다."

"니가 여기서 나이가 제일 많겠구나."

일구와 갑장이 있긴 했지만 일구 키가 조금 더 커서인지 일구를 우
두머리로 생각한 모양이다.

"예, 잘못했습니다."

"다들 이리와!"

아이들은 그 아저씨들을 따라 그곳 사무실로 갔다.

"흐흐흐. 이 녀석들 오늘 잘못 걸렸다이."

꾀보 같은 덧니 아저씨가 씨익 웃으며 말을 했고 빡빡머리 아저씨
가 일구를 흘기며 말한다.

"우린 너희 같은 것들 잡으려고 올해 내내 지킨 사람들이다. 수틀리
면 너희들 감옥소에 보낼 거야. 넌 어느 학교 몇 학년 이름이 뭐야? 학
교에도 알리고 퇴학들 시켜야 하겠다."

"아이고 아저씨, 한 번만 용서해 주시면 다음부터는 절대 안 그럴게요."

일구가 손을 비비며 사정을 한다.

"너희들 이거 몇 번째냐?"

"처음입니다."

일구는 거짓말을 했다. 이미 두 번이나 그 죄를 지었는데 그걸 다 말하면 벌이 더 클 것 같았다.

"정말이야? 거짓말이면 너희들 진짜 큰일 날 줄 알아라이?"

"네, 정말입니다게. 잘못했습니다."

"흐흐흐. 이놈의 아들놈들아, 외양간에서 뛰쳐나온 망아지가 이리 저리 아무 데나 날뛰는데 너희들이 꼭 그걸 닮았구나. 오늘 혼나야 다 시는 안 그러겠지?"

옆에서 말을 거드는 덧니 아저씨는 욕을 하면서도 빙긋빙긋 웃으며 말하는 사람이었다.

빡빡머리 아저씨가 목소리를 높이며 말했다.

"다들 이리 엎드려!"

아이들은 얼른 '엎드려뻗쳐' 자세가 되었다.

"제일 나이가 많은 놈은 다섯 대, 나머지는 두 대씩이다."

미리 그 사무실에는 곡괭이 자루가 준비되어 있었다.

'탁, 탁, 탁, 탁, 탁!'

일구가 참으며 맞긴 했는데 생각보다 아프지 않게 맞은 것 같다.

겁에 질려 발발 떨던 다른 아이들도 두 대씩 맞았는데, 그리 아프지 않은 모양인지라 가장 어린아이도 훌쩍훌쩍하다가 맞은 다음엔 안심하는 얼굴이었다.

"다시 비행장 가운데로 바다에 갈 거야?"

"아닙니다!"

아니라는 대답은 거의 합창 수준이었다.

아이들은 거기서 나와 먼 길을 돌아 바다로 갔다. 그리고 저 앞에 바다가 보이는 순간, 그렇게 욕먹고 맞았어도 기분들이 좋아지고 "와~!" 하며 달리기 시작했다.

일구네 마을 오라동은 제주 시내에서 한라산 쪽에 있는 중산간 마을이다. 농사지으며 사는 시골이라 바다에 가는 게 그렇게 좋을 수가 없었다. 공일날이나 방학 때가 되고 어멍 아방이 아이를 데리고 밭으로나 목장으로 안 가게 되면 그땐 아이들 몇몇이 붙어서 바다로 달려가는 거다.

그날은 공일이기도 하고 어멍 아방에게 다 허락을 받고 채롱에 보리밥도 담아 놓고 마늘장아찌에 김치도 준비하고 간 날이다. 바닷물에서 놀다 보면 금방 배가 꺼져서 배고프게 된다. 그리고 갯가에선 밥맛이 너무 좋다.

빤스 하나만 입고 바닷물로 뛰어들면 처음은 차가움으로 "으~" 이가 부딪혀도 조금 있으면 아무렇지도 않고 하루 종일 물에서 헤엄을 치기도 하고 썰물로 물이 많이 빠지면 바위틈에서나 돌들을 일으켜 세워 가며 소라 보말 전복 따위들을 잡기에 정신들이 없어진다.

"아이고, 우리 옷들과 밥채롱이 물에 둥둥 떠 가 버리네."

누군가 소리쳐서 보니, 아까 밀물이 시작되기 전에 놔 둔 그것들을
어느새 들어온 물이 모두 끌고 가 버리는 거다. 일구가 얼른 뛰어들어
몇 개는 건져 냈지만 신이랑 옷을 잃어버린 것들도 많았다.

그래도 중산간 아이들에겐 바다가 늘 그리운 곳이었다.

"호호호. 일구 오빠, 무슨 생각을 그리 오래 하세요? 입 잠근 지가 한
참 됐는데…."

수정이가 웃으며 말한다.

"아, 옛날 바다로 치닫던 생각이 나서요. 하하하."

둘이는 이런저런 이야기들 주고받다가 헤어졌다.

일구는 버스를 두 번 타야 집 주변에 내릴 거지만 조금도 집이 멀게
느껴지지 않았고 마음 가득 흐뭇한 기분만 들었다. 버스를 타고 오면
서도 수정이의 목소리와 고운 얼굴만 생각이 났다.

그날 이후, 일구와 수정이는 급속도로 가까워졌다. 일구는 자연스
레 수정이에게 반말을 하게 됐고, 그들은 하루만 만나지 못해도 뭔가
허전해서 못 견딜 정도가 되었다. 일구는 일상의 모든 일들이 즐거웠
고 수정이 얼굴 또한 꽃처럼 피어났다.

"크크. 야, 일구야 좋냐? 그래도 기대가 크면 실망도 크다는 말이 있
다이? 넌 헤벌레하지 마라이?"

일구와 또 하나의 일구인 심장은 행복한 대화 속에서도 뭔가 막연
한 불안감의 여지는 있는 모양이었다.

일구가 수정이네 집에 갔다 온 두 달 후 수정이에게서 전화가 왔다.

"일구 오빠, 할 말이 있어요."

"응. 수정아 무슨 말?"

사흘 후 토요일쯤 만나기로 했었는데, 난데없이 수정이가 만나자고 해서 나왔지만 일구는 '뭔가 안 좋은 것 같다'는 생각이 먼저 들었다. 수정이 얼굴이 많이 수척해진 것 같다.

"흐흑!"

수정이가 일구를 보자마자 운다. 흘러나오는 눈물을 손으로 닦으며 운다.

"? 수정아 왜? 뭔 일 있구나이? 말해 봐 봐. 나한테는 다 말해 줘야 되지 않아?"

수정이가 손수건으로 얼굴을 닦고 코 막힌 소리로 말한다.

"오빠, 우리 이제 그만 만나야 되겠어. … 흐읔."

"?"

일구는 말도 못 하고 어안이 벙벙해졌다.

"오빠, 미안해. 집에서 있잖아요. 오빠를 만나지도 말고 결혼문제는 부모에게 맡기라고 하며 난리가 났어요. 흐흑."

일구는 어안이 벙벙한 채 수정이 입만 보면서 속으로 생각했다.

"뭐 때문인가…. 내가 항상 걱정하던 게 터진 모양이로구나. 내가 보잘것없는 남자라서…. 그런데 어떻게 이리 빠르게…."

"오빠, 정말 죄송해요. 내가 일구 오빠 좋은 사람이라고 아무리 말해도 부모님들은 안 된다며 야단만 치시구요…. 흑흑흑. 오빠, 저를 용서해 주세요."

일구는 무슨 말이라도 해야 했다.

한참을 침묵하다가 말했다.

"수정아, 그리됐으면 나도 어찌할 수가 없구나. 나도 늘 마음속에 걱정하던 것이 내 자격이었어. 부모님들이야 당연히 그러시겠지."

일구가 말을 꺼내기 시작하자 수정이는 더 큰 소리로 훌쩍인다.

"나도 그렇게 알고 처신할 테니, 어떤 일이 있더라도 내 걱정은 하지 말고 수정이가 마음 크게 먹고 잘 살아가길 빌게."

일구는 생각지도 못한 말을 듣고 가슴이 쿵쿵거리며 아픈 심정이라도 수정이의 상황이 상당히 어렵구나 하는 짐작이 들었고, 수정이를 위해서 없던 일로 하자고 스스로를 달랬다.

"흑흑흑."

수정이는 눈물샘이 터진 듯 울기만 했고 일구도 입을 다문 채 십여 분 가만히들 앉아 있었다.

'그래. 처음부터 내 잘못이지. 주제 파악을 제대로 하고 사람을 골라야 할 건데….'

일구는 속으로 그렇게 생각하면서도 궁금했다. 어떻게 해서 수정이 부모님들이 나를 알게 되고 반대를 하는지 궁금한 거다.

"부모님들이 나에 대해 다 알아본 모양이구나이?"

수정이는 일구 말이 맞다는 듯 눈물이 더 나오며 운다.

"흑흑. 그러게요…."

수정이가 울음 반 섞어 가며 하는 이야기는, 일구가 수정이네 집에 가서 점심을 먹었다는 말을 수정이 남동생이 부모님에게 말했다. 수정이네 먼 친척 한 사람이 오라동에 산다. 수정이 부모는 그 친척에게 일구에 대하여 알아봐 달라고 부탁했다. 그 친척은 일구가 신랑감으로 수정이에게 아예 부족하니 그 집안으로 시집보내는 건 생각지도 말라고 한 것이다.

"그 강일구라고 하는 총각이 육지 사람은 아니라도 상업고등학교만 졸업하고 주식회사에 합격하여 직장은 있지만 큰사람이 나오기는 어려운 집안이고, 그 집안에 크게 잘못된 사람은 없어도 아방은 일찍 돌아가시고 그 일구가 성질이 나쁘지도 않고 순하긴 해도 본처의 아들도 아닌 후처의 아들이고 아버지와 함께 살아 보지도 못하였으며 그 일구 어멍은 아직도 돼지장사를 하면서 살고 있는데, 대학까지 마친 공무원 수정이는 거기에 비교도 안 되니까 더 이상 만나지 못하게 하는 게 좋을 것 같습니다."

이게 수정이네 먼 친척이 알려 준 내용이었다. 일구 심장이 쿵쿵 뛴다.

"큭큭, 돼지장사하는 첩의 아들! 강일구!"

"큭큭. 맞고 말고…. 하나도 안 틀린 말이지. 그 주제에…. 후후후."

일구는 생각했다. 맞다. 그 말이 분명하다. 그걸 알면서도 내가 주제넘게 다녔구나. 그래도 내가 아무리 부족한 놈이지만, 이 상황에다 떼를 쓰며 억지 부리는 사람이 되지는 않겠다.

"수정아, 나에게 절대 미안하다고 생각하지 마. 세상일은 다양하니까이. 훗날 좋은 사람 만나서 행복하게 잘 살아. 그리고 오늘도 조심해서 집에 잘 들어가."

일구가 또박또박 말을 끝내고 먼저 일어섰다.

수정이는 일구가 일어서서 바깥으로 나가는 걸 본 후에도 가만히 앉아 있는 채 손으로 얼굴을 막고 한참을 울었다.

며칠이 지났다.

일구는 오늘도 수정이 목소리가 듣고 싶다. 너무 못 견뎌서 수정이 사무실에다 전화를 해도 수정이가 일부러 전화를 안 받는 모양이다. 퇴근하며 시청 옆 식당엘 들어갔다. 혹시라도 수정이가 그 앞을 지나갈지 모른다는 생각에서였다. 한일소주 세 병째가 다 비도록 일구가 식당 바깥을 살폈지만 시간도 여덟 시를 넘기고 이제 수정이가 지나갈 리가 없는 걸 안 일구는 누룽지 한 사발 후루룩 들이키고 식당문을 나섰다. 사람들이 비틀거리는 일구를 흘금흘금 쳐다본다. 일구는 거의 매일 수정이를 만났던 명륜다방으로 갔다.

오늘은 다방도 한가하다. 구석진 자리에 앉았다. 너무 마셨는지 딸꾹질이 나오면서 토할 것 같은 느낌이 계속 났지만 참는다. 그렇게 술이 많이 취했는데 정신은 더 멀쩡해지는 것 같다.

피아노 경음악 〈에리자를 위하여〉와 〈소녀의 기도〉가 차례로 나와 다방 가득 흐르고 난 후 김정호가 축음기를 타고 나선다.

"출렁이는 물결 속에 마음을 달래려고 말없이 기다리다
쓸쓸히 돌아서서 안개 속에 떠나가는 이름 모를 소녀"

김정호가 맷돌에 곡식이 갈아지듯 자잘하고 가득한 감성이 물큰하
게 목이 찢어질 듯 부른다.

"제기랄, 나도 이름이나 몰랐으면 좋겠다. 야, 수정아!!!"

일구의 심장이 찢어질 듯 수정일 불러 본다.

갑갑하다. 뭔가 불안하다. 한곳에 오래 앉아 있지 못하겠다. 일구는
다시 일어섰다. 고개를 푹 숙이고 어둑한 길만 찾으며 걸었다. 전농로
로 들어서서 서문통으로 무근성으로 발이 제멋대로 가는 것 같다.

내일부터 남쪽 바람을 타는 비를 시작으로 천둥 번개를 치기도 하
면서 한 열흘쯤 장마가 들겠다고 했지만 오늘 탑동 바다는 불 켠 고
깃배들이 가득하고 물결도 약하게 혼들혼들할 뿐 거칠지 않다. 사람
들이 많이 오고 가고 해도, 언제나 여기에 오면 아는 사람보다 모르는
사람들이 항상 많아서 좋다. 일구는 누구 시인지 싯구절이 생각났다.

"갈 곳이 없는 사람들은 탑동으로 가고 갈 곳을 찾은 사람
들도 탑동으로 간다. 탑동 가로등은 허무의 집을 지어 놓
고 불나비들 부른다. 새벽이 되고 하늘이 가로등을 끄고
나면 가로등 바닥엔 허무들이 수북이 죽어 있다. 탑동엔
밤새도록 술꽃이 핀다. 아프고 외로울수록 탑동 술꽃은
더 빛나고 허무한 나는 술꽃 향기를 밤새워 마신다."

"안 되겠다. 어디라도 가야겠다. 이 돌아섬을 떠나 먼 곳에 가서, 지금 내 마음들 모두 없애 버린 후에 돌아오자. 맞다. 그렇게 하자. 준기 삼촌과 의논해 봐야겠다."

일구는 방파제에서 일어나 택시를 타고 집으로 갔다. 동쪽 집에 사는 준기를 만나고 싶은 거다.

"그러니 일구야, 속이 많이 상했겠다. 어쩌겠니. 세상은 자기 맘대로 다 되는 게 아니라서, 네 생각대로 마음 단단히 먹고 잊어버리는 방법을 찾아라. 살다 보면 그렇게 비탈길에 서 있을 때도 있지. 속이 아파도 더러운 세상이라고 탓하지도 말고 그 무엇과 쉽게 바꿔 버릴 수도 없는 네 목숨 아닌가? 가슴 아픈 일 뭉뚱그려서 그 탑동바다에 던져 버리면 파도가 알아서 다 쓸어가 버릴 것이고, 시간은 흐르는 약이라, 네 몸과 마음을 흐르며 차차 잊게 해 줄 거야."

준기는 일구가 제주를 떠나서 일이 년 멀리 가서 살다 오겠다는 말에 위로와 용기를 준다. 그 대답을 들은 일구도 마음이 한결 가벼워졌다.

"어머니, 저 있잖아요. 서울에 가서 오래 살 건 아니고 일이 년만 거기에 있으면서 하고 싶은 공부도 하다 오겠습니다."

"아이고 애야게. 왜 그러니? 무슨 일이 있니?"

"아닙니다. 육지 가서 넓은 세상도 겪어 보고. 거기에 간 김에 공부도 좀 하면서 쓸 만한 자격증도 따서 오려구요. 그리고, 그 후에는 장가도 가고 어머니 모시면서 잘 살아 보려구요. 그러니까 조금도 걱정하지 마세요. 아셨죠?"

준기와 의논한 후에 집에 와서 어머니를 설득하려 하니 조금 힘들었지만 일구 마음이 단단히 굳어진 걸 느낀 어머니도 허락하여 줬다.

이튿날.

일구는 총무과에 서울지점 근무를 신청했다. 서울과 부산지점에서 근무하겠다고 신청하면 어렵지 않게 갈 수도 있고 돌아오는 것도 쉽다.

"일구야, 왜 갑자기 서울이냐? 거 참 이상하다이. 여기서 차분하게 근무하는 게 좋지 않아? 거기 가면 너 생활비도 그렇고 손해가 많을 텐데이."

"후후후. 찬용아, 간만에 육지 바람도 쏘이고 싶고이. 더 철들어서 오겠다. 너도 그리로 놀러 와이? 나도 자주 내려올게."

"야 일구야, 어디서 어딘데 그리 쉽게 다닐 수 있겠나? 그런데, 수정이가 널 좋아하는 눈치던데 그 말 들으면 섭섭해할 텐데이…. 그만한 여자 눈 씻으며 찾아도 못 찾을 걸. 집에선 소문난 효녀이고…."

"후후. 찬용아, 그 사람도 다 자기 나름대로 인생이 있는 거니 스스로 잘 알아서 살 테지."

일구는 찬용이 말에 아픈 가슴을 느꼈지만 아무렇지도 않은 척 말했다. 일구는 어머니와 준기에게 서울에 갈 이야기를 하고 난 후부터는 마음의 정리가 서서히 되어 갔다.

"수정일 위해서라도 내 계획이 옳은 생각 옳은 일이고 수정이도 마음 편안하게 날 잊어버리고 새로운 인생을 찾을 수 있을 거다. 나는 나고 수정인 수정인 거다. 그 사람 일은 자기가 알아서 하고 내 일은 내가 알아서 챙겨야 한다. 서울에 간 김에 좋은 자격증도 두어 개 꼭 따고 와서 어머니 잘 모시고 열심히 살자. 정신 차려서 이제 될 수 있으면 술도 마시지 말자. 내 심장아, 잘 알아들었지이?"

"……."

또 몇 날이 지나갔다. 수정이와 헤어진 후 일구는 더 어른스러워졌다.

"강 주임님은 서울에 좋은 여자라도 있는 모양인게마씀. 호호호. 서울로 가겠다고 하는 걸 보니…."

"예게. 좋은 일이야 많죠. 하하하. 친구들도 있고 그 넓은 세상에 가서 공부도 더하면서 좋은 자격증도 따고 싶고양…."

"히야, 강 주임님은 뭔가 달라도 다른 사람입니다예. 그런데, 언제 발령이 난덴마씀?"

"잘 모르긴 하지만, 다음 달 돌아오는 정기 인사 때 나겠죠."

서울로 근무지를 신청한 일구에게 사무실 직원들의 관심이 더 많아졌다.

오늘도 퇴근시간이 되어 간다.

'따르릉~ 따르릉~'

두 번 울린 후에 미스 정이 전화를 받는다.

"예? 강일구 씨요?"

그 소리를 옆에서 듣던 일구가 손을 가로젓는다. 미스 정이 일구의 눈치를 알아차리고 말한다.

"아, 강 주임님마씀? 어디 출장 간 모양입니다. 지금은 자리에 없는데요. 메모 남겨 드릴까요?"

전화를 끊은 미스 정.

"김수정이라고 하는 여자인데요."

"수정이가?"

일구는 아무도 만나기 싫은 생각에 곧장 집에 가려고 손을 가로저었는데, 그게 의외로 수정이었다.

"왜 전화를 했지? … 그래, 차라리 잘됐다. 만나지도 말고 시간이 가야 수정이도 차츰 날 잊을 수 있을 테니…."

일구는 수정이와 단절하고 서로 간 빨리 잊어버려야 좋을 거라 생각했다.

"허전해도 곧바로 집에 가자. 헤매도 술이나 먹게 되고 괴롭기만 할 테니까…."

퇴근 시간이 되어 일구는 사무실을 나와 길로 들어섰다.

"오빠!"

"?"

수정이다. 그사이 얼굴이 폐병환자처럼 더 할쑥해진 것 같다. 마음 같아선 확 품어 안고 등이라도 쓰다듬고 싶다. 그래도 아닌 척해야 한다.

"아, 수정아, 여기는 왜? …"

수정이 눈에 눈물이 고여 있다.

"오빠, 저랑 말 좀 해요."

둘이는 가까운 다방으로 들어갔다.

"수정아, 우리 만나지 말아야 마음을 잡을 수 있어."

"그러니까, 육지로 가 버린다고요? 흑흑…."

일구는 조용했다. 아마도 찬용이에게서 그 말을 들은 모양이다.

"수정아, 내 생각은 잊어버리고 마음 단단히 잘 살아야 돼."

"아니에요. 일구 오빠, 제가 잘못했어요. 오빠가 육지로 간다는 말을 듣고 난 후부턴 못 견뎌서 살지 못하겠어요. 아무리 해도 나 혼자는 여기서 못 살 것 같아요. 제가 잘못했어요. 오빠, 절 용서하고 우리 결혼해요. 불효라고 남들이 욕을 해도 이젠 부모님도 상관없을 것 같아요. 육지로 가지 마세요. 꼭 가려거든 저도 데리고 가세요. 흑흑흑."

훌쩍이며 이야기하는 수정이는 빈말이 아니라 본심이었다. 부모님들 실망시키지 않으려고 일구와 헤어지긴 했지만, 막상 일구가 먼 곳으로 떠난다고 하니 도저히 참기 어려워서, 일구를 사랑하는 마음이 더 컸기 때문에, 부모가 반대를 해도 일구에게 가야겠다고 마음을 고쳐먹은 것이다.

"아, 수정아. 그런데…. 고맙긴 해도 걱정이 앞선다…."

수정이가 얼굴을 번쩍 들면서 말했다.

"오빠, 나 괜찮아. 오빠만 있으면 돼. 그리고 세월이 지나면 부모님들도 모두 이해할 거야. 그때까지 참으면서 살 거야."

"그래도…."

"오빠, 나 용서해 줄 거지?"

"수정아, 용서 같은 말 하지 마. 우리에게 그런 말은 다 쓸데없는 말이야. 난 수정이가 하고 싶다는 건 다 할 거야."

일구의 심장이 다시 쿵쿵 뛰기 시작했다. 세상이 거꾸로 돌아가든 왼쪽으로나 오른쪽으로 돌아가든 아무 상관이 없다. 나는 수정이만 있으면 된다. 일구는 기뻤다. 수정이가 일구의 양손을 꽉 쥐며 말한다.

"오빠, 저, 우리 작전 하나 세우자."

"응? 무슨 작전?"

일구가 서울로 근무지 신청한 걸 얼른 취소한 날 저녁.

일구는 얼근하게 취했다. 맨정신으론 이 작전을 못 할 것 같았기 때문이다. 제주시내 동문통에 있는 회사 김 전무 댁 앞에 왔다. 초저녁 수정이와 같이 저녁을 먹으면서 술 두 병을 했다. 택시에서 함께 내린 수정이는 근처에 있는 다방에 가서 앉아 있고 일구는 두 병이 든 허벅술 상자를 손에 들고 초인종을 눌렀다.

"네. 누구세요?"

인터폰 목소리. 사모님 목소리 같다.

"예 저 회사에 강일구라고 합니다. 전무님 뵙고 싶어서 왔습니다."

잠시 후, 대문이 열려지고 일구는 얼근했지만 조심조심 꼿꼿이 서서 들어섰다.

"아니 이거 강 주임, 어떻게 이렇게 왔지? 이리 들어오시게."

전무님은 놀라워하면서도 일구를 방으로 들인다.

"전무님 죄송합니다. 무례를 무릅쓰고 이렇게 왔습니다."

"알았네. 편하게 앉게. 여보, 여기 차 한 잔 갖다 줘."

전무님은 사모님에게 차를 시킨 후에 말했다.

"그러니까 강 주임, 말해 봐. 일 잘하고 착하고 아무 일이나 마다 않는 멋진 남자가 왜 날 찾아왔을까? 거 참 궁금하기도 하다이."

"예, 전무님, 저 용기를 내서 바로 말씀드리겠습니다. 저 수정이와 결혼을 할 수 있도록 도와주십시오. 꼭 부탁드리겠습니다."

"으이? 거 무슨 낮도깨비 술 먹은 소리라? 우리 조카 수정이 말이라?"

"네."

일구가 무릎을 꿇어앉고 고개를 아래로 내렸다.

"그거 말인가 뭔가…. 그걸 왜 나에게 말하지? 수정이 아버지에게 가서 말해야지."

일구는 고개를 더 숙이며 절하듯이

"수정이 아버지가 반대를 해서요."

이 정도 되니 김 전무도 내막을 알아차린 듯했다.

"아, 그러니까 수정이는 뭐라 하는데?"

"수정인 부모님이 반대를 해도 저와 결혼하겠답니다."

"으하하하하."

김 전무 특유의 호쾌한 웃음소리다. 웃고 나서 '캉캉' 마른기침을 하고 말했다.

"야, 강일구. 너 굉장히 당돌하구나. 알았다. 수정이가 좋다고 하면 그걸로 끝이다. 내가 우리 동생에게 잘 말하마. 그런데 넌 정말 당돌하고 한몫하겠구나이."

"아이고, 전무님 너무너무 고맙습니다예."

일구는 김 전무를 향하여 몇 번이고 꾸벅꾸벅 절을 하였다.

김 전무는 수정이네 큰아버지이고 그 집안에서 제일 웃어른이었다. 집에서나 바깥에서나 바르고 옳은 말만 하는 존경받는 어른이었다.

8. 새살림

일구 어멍은 모든 동작과 말투가 빨라지고 일구가 장가가는 것이
너무 기뻐서 귀에 걸린 입꼬리가 여간해선 내려오지 않았다.

일구 잔치에 잡으려고 몇 달 전부터 어린 새끼 돼지 두 마리를 사다
잘 먹이며 키우기 시작했는데 어느덧 잔칫날이 되었다.

일구와 수정의 결혼식장.

신랑과 신부가 따로따로 입장한다. 모여든 하객들이 큰 박수를 친다.

"히야, 새각시 상당히 곱다이?"

"글쎄 말야, 새각시가 손해 보는 것 같은데…."

"아니야. 신랑도 잘 생겼고 크게 떨어지진 않겠어."

신랑 신부가 들어서는 걸 보면서 하객들이 한마디씩 하는 말들이다.

"오늘의 주례 선생님을 소개해 드리겠습니다."

사회자가 마이크를 잡았다.

"오늘 주례 선생님은 신랑이 평소 존경하는 유명하신 시인입니다. 재재작년 제주섬에서는 제일 큰 문학상인 '돌아섬문학상'을 수상하신 양준기 시인님이십니다. 고마운 박수 부탁드릴게요."

큰 박수 소리가 난 후, 주례가 주례석에서 일어서더니 하객들을 향하여 꾸벅 인사를 하고 단상에 오른다. 박수 소리가 한바탕 소나기 지나가듯 난다.

신랑과 신부의 맞절순서.

"신랑과 신부는 서로 존중하는 마음을 가득 담고 서로 경례!"

이때, 신랑과 신부가 한 발자국씩 물러선 다음에 서로 맞절을 해야 하는데 그냥 그 자리에 선 채로 하는 바람에

'쿵!' 하고 머리를 서로 부딪친다.

"와하하하하…."

사람들 웃음소리가 식장에 가득하다. 주례도 우스운 모양이다.

"하하. 하객 여러분, 신랑 신부가 오늘부터 열심히 씨름하며 서로 기를 살리느라 티격태격하는 건 아닙니다. 처음 하는 잔치라 서툴러서 그런 겁니다. 이해하십시오. 하하하."

"그럼 두 번째 시집 장가갈 땐 익숙해져서 잘한다는 말인가? 하하하하…."

하객들도 웃으며 한마디씩 한다.

주례사 순서다.

"예. 신랑 신부에게 우선 축하의 말씀을 드립니다. 오늘이 있기까지 신랑 신부가 여러 가지 어려운 일들이 많았던 걸로 압니다. 모두가 그렇게 어려움을 넘기며 살아가는 게 우리들 인생 아닙니까? 두 사람은 앞으로 남들과도 서로 도와가며 살아야 합니다. 아무 사회에서든 귀찮고 어려운 일 있으면 내꺼 니꺼 다투지 말고 두 사람이 앞에 나서 먼저 그 일에 덤벼들며 살려고 해야 합니다. 그리고 아까 앞서서 서약할 때 앞으로 열심히 살겠다고 서로 간 가슴에다 대고 큰 소리로 약속도 하였고 우린 그걸 다 들었습니다. 틀림없이 둘이 잘 살 것이라 믿고 긴말은 안 하겠습니다. 심장은 거짓말을 안 합니다. 기쁠 때나 화가 날 때 심장은 솔직하게 쿵쿵 말합니다. 사랑할 땐 더 크게 쿵쿵 말합니다. 아까의 약속처럼 서로 간 뜨거운 심장을 끄지 말고 평생 쿵쿵거리도록 서로 사랑하고 아껴 주고 양보하고 존경하면서 따뜻한 심장 수명이 다 돼서 멈춰질 때까지 잘 살아가도록 크게 부탁드립니다."

"와~" 하며 짧게 끝난 주례사에 큰 박수를 보내는 하객들. 그 틈에 수정은 가득 고였던 눈물을 한 손으로 슬쩍 닦는다.

신랑 신부가 하객들에게 인사하는 순서.

신랑 신부가 하객들에게 '오늘 정말로 고맙습니다' 하고 인사를 하는데, 일구 가슴에 꽂혀 있던 꽃이 떨어져서 멀리 굴러가 버리자 일구는 확 나서서 그 꽃을 줍고 돌아와 다시 가슴에다 꼽는다.

"와하하하…."

사람들은 다시 한바탕 웃고, 일구도 어이가 없었는지 빙긋이 웃는데, 신부 수정이도 못 참고 부끄러운 듯 웃는다.

"저거 봐라. 색시가 웃으면 딸이라 한다는데게…. 큭큭큭."

객석에서 웃으며 소곤거리는 말이다.

예식 마지막 순서인 신랑 신부 퇴장이다.

둘이 팔짱을 끼고 피아노 반주에 맞춰 퇴장을 하는데 중간쯤 왔을 때다. 하객들 틈에서 어떤 여자 하나가 엉덩이를 좌우로 흔들며 나선다. 보니, 입술을 벌겋게 칠하고 큼직한 코트를 입은 여자였다.

신랑 신부 앞에 떡 버티며 코 막힌 큰 소리로 말했다.

"일구 씨, 나를 발로 차 두고 이럴 수 있습니까?"

모든 사람들이 입을 잠그고 침묵한다. 예식장 안이 갑자기 싸늘해졌다. 수정이는 얼굴이 파랗게 질리며 다리가 달달 떨린다.

"그러니까, 내가 하고 싶은 말은 나 같은 건 발로 차거나 말거나 상관이 없는데 그 곁에 손을 잡고 선 신부를 평생 꽉 붙들고 절대 차선 안 된다는 말입니다. 그리고 수정 씨도 신랑의 팔을 지금처럼 불끈 잡아 잘 살아야 되구요. 하하하…."

그 여자가 입었던 코트를 벗어젖힌다.

"꽝!"

사람들이 폭죽 소리에 깜짝 놀란다.

자세히 보니 폭죽이 터진 그 코트 속에서 바람 가득한 풍선들과 분홍색 종이에 쓴 '일구! 수정! 사랑한다! 영원하라! 축하한다!'라는 축하 글과 오색 테이프들이 줄줄이 나온다.

여자가 손으로 자기 머리를 잡아 벗긴다. 여장한 찬용이었다.

"와하하하하하…."

긴장하던 예식장 안에 배꼽이 끊어질 듯한 소리들.

"이 자식! 너 같은 건 정말 발로 차 버리겠다."

하면서 일구가 달려가 찬용이를 발로 차는 척한다.

또다시 한바탕 웃음소리들. 예식은 큰 웃음소리와 함께 잘 끝났다.

신랑과 신부 하객들이 따로따로 준비된 버스를 타서 헤어지고, 신붓집 상객들이 준비된 소형 버스로 신랑집으로 간다.

신랑집으로 가는 길은 비포장도로여서 먼지가 자욱하게 일어나는 길이다. 길바닥도 자잘한 자갈이 깔려서 차와 자갈이 달그락거리며 부딪는 소리가 나면서 차 속의 사람들을 흔들흔들 춤추게 하고 상당히 불편하다.

"아직도 이러한 마을이 있구나이."

"아, 그거 좀 조용하시게."

상객들 중에 누군가 말하고 또 누군가는 대답하는 말이다.

신랑집 입구에는, 소나무 두 개를 잘라다 양옆에 세워 놓고, 꽃핀 동백꽃 가지들을 꺾어다가 그 소나무에다 주렁주렁 매달아 놓고 여남은 개의 풍선을 하늘 쪽 공간으로 날리며 장식품 구석구석마다 오색 테이프들이 이리저리 빙빙 감겨져 있고, 길 쪽에서 볼 수 있는 정면에 큼직한 글로 '축 잔치, 신랑 강일구 신부 김수정'을 써 붙여 놔서 제법 잔칫집 분위기를 만들어 놓았다. 그래도 이건, 이웃 사람들과 일구 친구들이 일구를 축하하는 마음으로 힘들게 준비해 준 축하 조형물인 거다.

그런데, 신랑 집으로 들어서서 보니, 마당엔 비가 고여 질퍽거리는 모양인지 디딤돌들이 띄엄띄엄 섬처럼 박혀 있고 장만하고 난 곡식 줄기 노적가리도 있는데, 집은 초집을 지붕개량한 아홉 평 되는 초라한 스레트집이었고 비가 스며들 것 같은 집이었다. 모든 문에는 도배를 새로 했지만, 뒤란에 비틀비틀 서 있는 장독들은 물이라도 새는 듯 낡아 있다.

"이거 우리 수정이 시집 잘못 왔네이?"

남자 상객 하나가 담배를 푹푹 피우면서 천식기가 있는 듯한 목소리로 먼저 입을 열었다.

"글쎄 말야. 아까 그 거시기…. 먼지가 자욱한 길거리와…."

"아이고, 우리 수정인 착하고 마음도 고와서 좋은 부잣집에서 데려갈 거라고들 생각했는데…."

"그러니까, 신랑 신부가 밖에 나가 새로운 살림을 차리는 게 아니고 지금 식구들과 이 좁은 집에서 같이 살 거라며?"

"아이고 글쎄, 다 자기 팔자라고들 하지만, 너무 안타깝구나게…."

"아따, 이 좋은 날에 그런 어지러운 말들 하지 말아게. 아무 상관없어. 앞이 창창한 사람들인데…. 수정이가 좋아서 하는 잔치이기도 하니 자기들이 알아서 앞으로 잘 살아가면 되는 거지. 엊저녁 가문잔치

할 때 누군가가 신랑이 까다롭지도 않고 장래도 촉망되고 착한 청년이라 칭찬하더라고."

신붓집에서 온 상객들은 이런 말들을 큰 소리로 하진 못하고 나지막하게 수정일 위한 이야기와 섭섭한 말들을 수군거렸다.

그래도 마당 구석에 작은 천막을 쳐서 음식 준비를 하는 곳은 엄청 바쁘고 잔칫날 음식상은 제법 푸짐하다.

얇은 빙떡 지지는 냄새가 마당을 건너 방에까지 풍겨 오고, 처음엔 굼뜨게 움직이던 신붓집 상객들도 음식상으로 손이 몇 번 가더니만 마음이 풀어진 모양인지 한 사람은 양복 윗도리도 벗어 놓고 맘껏 먹고 마시기 시작했으며 그 방 가득 잔치 분위기가 생겨 갔다.

사돈지간에 서로 인사하는 시간이다.

"오늘 예식장 분위기가 아주 좋았습니다."

"예게. 모두 사돈님들 덕분입니다. 날씨도 참 좋구요."

"아닙니다게. 다 신랑집 복입니다게."

"아니라게. 오늘 새서방 새각시 복이라게. 잘들 살라고 하늘이 복을 주는 거지."

"그런데 드라이브한다고 나간 신랑 신부 일행이 왜 빨리들 안 오지. 빨리 와서 인사들을 끝내야 우리도 돌아갈 건데…"

"아이고, 사돈님 잔이 비었습니다예? 한 잔 더 올리겠습니다."

이런저런 덕담들과 주고받는 술 속에서 분위기는 그런대로 좋았다.

바깥에서 와자지껄하는 소리가 나더니만, 신랑 신부가 사돈들 간에 모여 앉은 방으로 들어선다.

"좀 더 일찍들 오지 그랬어. 친구들이 놓아주질 않은 모양이로구나이?"

"알았다, 얼른 옷 갈아입고 이리 들어와서 큰절도 하고 술도 한 잔씩 올리고 그래라."

오늘 주례도 본 동쪽 집 준기가 친척들이 별로 없는 일구를 위해 접대하는 일까지 도와주며 여러 가지를 가르쳐 주기도 하고 시키기도 했다.

여자 상객들도 옷고름 잘 고쳐 매고 사돈들 간에 인사가 모두 끝난 뒤라 신랑 신부는 그 안에 있는 양쪽 사돈들에게 한꺼번에 큰절을 한다.

그리고 신랑 신부가 거기에 있는 어르신들에게 차근차근 술 한 잔씩 따라 드린다.

"큰아버지, 정말 고맙습니다."

일구가 신붓집 상객 중 가장 웃어른인 수정이 큰아버지에게 제일 먼저 정중하게 한 잔 올리며 드리는 말이다.

"하하하. 그래, 너 우리 수정이 잘 데리고 살면서, 돈도 모으고 집도 새로 짓고 잘 살아야 한다이?"

"예. 알겠습니다. 꼭 그렇게 하겠습니다."

옆에 있는 처갓댁 어른들이 한마디씩 거든다.

"살고 있으면 살게 되는 거다. 열심히 사는 걸 우리가 매일매일 지켜보겠네. 그렇게 살지 안 했다간 우리에게 큰일이 날 줄 알아라이?"

부탁 반 으름장 반이었지만,

"걱정 안 되도록 꼭 잘 살겠습니다."

이런 후, 신붓집 상객들이 떠날 때 수정이는 얼굴 가득 눈물범벅이었다.

아홉 평 낡은 스레트집이라도 방이 두 개다. 어머니와 누이들은 신랑과 신부를 위하여 큰방을 신혼살림 방으로 내주고 작은방에서 비좁게 살았다. 새색시 수정이는 결혼을 하면서 직장도 그만두었다. 아기도 낳아야 할 거고 다른 사람들 눈치도 보기 싫어서였다. 여자 직원이 결혼을 하고 나면 퇴직을 하는 일이 빈번한 탓이기도 하다.

일구 아버지가 오래전 돌아가셔서 시아방 모셔야 할 일은 없었지만 시어멍 모시면서 밭에 김도 매고 농사를 직접 하면서 살아갔다.

결혼해서 일 년 만에 아기도 생겼다. 아들이었다. 일구 어멍은 덩실덩실 춤을 추듯 손자를 등에 업고 온 동네 자랑하러 다니기에 바쁠 정도였고 날아갈 듯 기뻐했다. 그 일구 어멍이 아들을 굉장히 귀하게 여기고 소원하던 일이기도 해서 뭐라고 말로는 다 표현 못 할 정도였다.

일구는 비좁은 집을 얼른 뜯어 두고 새집을 지어야지 하는 마음이 가득해서 어려운 살림에서도 집을 지으려 하는 '주택부금'도 가입했다.

'이게 행복이라 하는 것이구나.' 생각을 하면서….

아들 준이는 건강하고 곱게 잘 커갔다. 준이 업저지 역할은 거의 준이 할망의 몫이었고, 할망은 준이가 싼 똥이라도 핥을 것 같이 아기를 귀여워하며 아꼈다.

일구도 회사생활을 열심히 했다. 준이가 생긴 후부터는 특별한 경우가 아니면 밖으로 나다니지 않았고 좋아하는 술도 적게 마셨다.

어느 날이었다. 사무실도 한가한 날이다. 전화가 울린다.

"예, 강일굽니다."

"아이고, 일구야. 큰일 났다. 준이가…. 흑흑흑…. 빨리 대한병원으로 와라. 흑흑"

"네 알겠어요. 금방 갈게요."

대답을 한 일구는 사무실을 바로 나와서 택시를 타고 병원으로 달렸다.

"무슨 일이지? 큰일인 모양이다…. 예감이 좋지 않다."

응급실 앞에 어머니와 아내가 있었다.

"무슨 일이죠 어머니?"

일구 어멍은 대답을 않고 고개만 가로젓는다.

"여보, 무슨 일이지? 준이가 어떻게 된 거?"

수정이는 일구의 말에 대답도 못하고 천장을 바라보며 눈물만 흘린다.

준이가 죽은 것이다. 이제 겨우 걷는 걸 알고 까르르 웃으며 걸어다니는 걸 좋아하던 준이다. 마당과 텃밭 사이 돌 울타리가 조금 있다. 그리 높진 않아도 일구 어깨쯤 올라온 울타리다.

그날은 따스한 날이었다. 시어머니는 어디 나들이를 나가고 일구 각시는 마당에서 노는 준이를 보면서, 텃밭에 심어 둔 여린 무잎과 싹에서 갓 퍼지는 배추와 꽃대가 올라온 무를 뽑아다 김치용으로 다듬고 있을 때였다.

마당 구석에서 혼자 이것저것 만지며 놀던 준이가 모서리 지고 휘어진 울담을 손으로 밀친 모양인지 준이 머리 쪽으로 돌담이 와르르 무너져 내린 거다. 일구 각시가 달려가서 준이를 일으켜 세워도 꼼짝 않는 준이는 머리에서 검붉은 피를 쏟아 낼 뿐이었다. 입을 꽉 다문 준이는 의식이 없었다.

"아이고 우리 아기 죽을 것 같아요. 누구 아무도 없습니까? 엉엉엉. 좀 도와주세요. 엉엉엉…."

일구 각시가 울면서 소리 지르자 때마침 옆길을 지나가던 동네 사람 하나가 들어와서 아기를 안고 함께 병원으로 달려갔지만 준이는 벌써 숨이 끊어진 후였다.

병원에서의 냉정한 말 한마디.

"죽었네요. 방법이 없습니다."

그것뿐이었다. 뇌를 다치고 즉사한 것이다. 이야기를 들은 일구는 갑자기 눈앞이 뿌옇게 보이며 현기증이 났다. 눈물도 나오지 않았고 휘청이며 소파에 앉았지만 정신이 하나도 없다.

그 이후로 일구 어멍과 일구 각시는 미쳐 버린 것 같았다. 일구의 출퇴근도 챙겨 주지 못하고 시어멍과 메누리 둘이 안고 우는 게 거의 하루 종일이었다.

눈물 콧물이 두 사람 얼굴에 말라붙어 거멓게 되고, 그러다가 둘 다 죽을지도 모르겠다며 주변이 걱정할 정도였다.

"수정이 너가 아기를 잘 보지 못해서 그런 거잖아."

처음엔 일구도 각시 가슴에 송곳 찌르듯 마구 원망도 했었다.

"이게 아니다. 내가 정신을 차려야지." 하며 어머니와 아내 걱정에 말했다.

"어머니, 여보, 할 수 없는 일이니 빨리 잊어버리도록 해야겠어요."

"……."

"어쩌란 말입니까. 하늘이 다 정해 놓은 일이니…."

"그러려고 아무리 노력해도 그리 안 되는 걸 어떡하니? 흑흑흑." 준이 할망은 굉장히 서러워했다.

"흑흑. 우리 불쌍한 준이. 나 때문에…. 아이고 불쌍한 준이야. 엉엉엉."

각시는 다시 목 놓아 운다.

"여보, 당신 때문이 아니야. 절대 자책하지 마."

한동안, 너무 기가 막혀서 일구는 아무 생각 없이 눈물만 줄줄줄 흘리며 멍청한 표정으로 한라산이나 물끄러미 쳐다보곤 했다.

준이가 갑자기 나타나 웃으면서 자기 품으로 들어올 것만 같다. 그래도 눈 한 번 더 깜빡이며 정신 차리면 텅 빈 가슴이 살 베이듯 아프게 느껴진다. 어머니와 아내와 누이들과 함께 있을 때라도, 일구는 왠지 세상이 무섭고 외로운 생각이 들기도 했다. 절제하던 술만 일구 속으로 쉬지 않고 들어가는 것이다.

일구는 꿈을 꾸고 있었다. 아이들이 많았다. 홀랑 벗고 불알을 드러낸 어린아이도 있었고 머리에 동백꽃과 인동꽃을 매달고 줄넘기와 그네를 타는 비바리들까지 즐거운 웃음소리와 함께 놀고 있었다.

"아, 준이야! 여기가 어디지?"

주변을 다시 살피는 사이에 준이와 다른 아이들 모두 학교 운동회 때 하는 큰 공을 뱅그르르 굴리고 있다. 그 옆에서 히아신스꽃 한 줄기를 든 수정이가 시집오기 전 모습으로 미소를 띠며 일구를 보고 있다. 잠시 후, 다른 아이들과 놀던 준이가 일구에게 다가와서 아무 말 없이 어부바도 하고 목말을 탄다.

누군가, 학교 운동장 구석 큰 녹나무 아래 가만히 앉아 있던 아버지 얼굴은 아니라도 아버지라 생각되는 하르방 하나가 일구 앞으로 와서 말했다.

"이놈아, 너 그렇게 술만 처먹고 어떻게 살려고 그러느냐? 못난 놈하고는…. 네가 정신을 차려야 식구들 전부 살 수 있다. 이놈아!"

소리 없이 입만 벌리는 것 같아도 일구의 귀엔 그 말소리가 분명하게 들렸다.

그렇게 말하는 하르방을 다시 쳐다보니 그 하르방이 어느 사이에 정말 아버지로 변해 있다. 아니다. 또 자세히 보니 아무것도 모르는 척 학교 운동장 옆 천막에서 혼자 술을 마시던 준기의 얼굴이었다.

"아버지!"

잠에서 깨어나면서도 일구 자신이 아버지를 부르는 소리가 스스로에게도 크게 들린 것 같다.

방 천장에 조금 전까지 가득했던 별들이 순식간 다 떨어져 버리고 그 자리엔 일구가 어릴 때 하늘로 올리면서 놀던 꼬리연이 꼬리를 흔들며 떠 있었다. 한 손에 들고 연을 움직이던 실패도 어디로 갔는지 사라졌다. 힘들고 지치다. 어지러운 꿈속에서 정처 없이 헤매 다녀서인지 온몸이 나른하고 다리도 뻐근한 것 같다.

"아버지!"

일구가 외치는 소리에 수정이도 눈을 번쩍 뜬 모양이다. 가만히 일구를 쳐다보는 각시 눈이 벌겋게 울었던 걸 알게 한다.

동네 애향운동장 옆엔 자귀나무들이 불그스름한 꽃을 펴고 춤을 춘다. 그 주변 바닥에는 구실잣밤나무들이 떨어트린 새파란 밤알들이 수북이 모여진 곳도 있고 이리저리 널려 있기도 하다. 공일날이고 해서 일구는 오랜만에 각시 손을 잡고 나선 거다.

자귀나무가 낮에는 꽃과 이파리들을 모두 펴서 그림자를 만들어 주니 그 아래 앉으면 선선하기도 한다.

"여보, 우리 준이 좋은 세상에 갔을 거야. 이제는 준이 생각 그만하고 열심히 살아 보자. 그렇지?"

준이 이름만 들어도 눈물부터 넘치는 각시다.

"흑흑흑…."

각시가 우는 소리에 일구도 코가 찡하며 눈물이 글썽여졌지만 꾹 참는다.

"이제 그만 울어게. 할 수 없는 일이고 준이 운명이고 우리 운명이라. 준이가 만약 우리 모습을 본다면 더 슬퍼할 거야. 모두 함께 웃는 걸 좋아하겠지. 당신도 이제 마음 추스르고 힘을 내."

시간이 약이라고 하는 말이 맞는 모양이다. 일구 부부의 눈에 운동하러 나다니는 여러 사람들 모습이 자세히 보이기도 하고 일부러 팔을 크게 흔들며 걷는 사람이 우스워서 둘이 함께 웃을 수도 있었다.

그렇게 울며불며 안타까워하던 각시도 차츰 마음을 잡기 시작했다.

시간이 가고 다음 해엔 딸을, 다시 두 해 지나니 다시 아들이 생겼다. 이렇게 시간과 함께 일구네는 하늘로 가 버린 아들 준이 생각도 거의 잊혀졌다. 그들 부부는 부지런하게 살아가면서 마을에도 봉사하며 어머니를 모시고 화목하게 살아갔다.

9. 상량식과 어머니

"상량이오, 상량이오, 상량이오!"

초벌 콘크리트를 친 집 옥상 난간 한가운데쯤에 수탉 모가지를 길게 눕혀 놓고 쉰 소리로 소리 지르는 목수. 하늘 한번 잠깐 쳐다본 후, '탁!'

높이 들었던 나대를 냅다 내리친다.

수탉 모가지가 옥상 아래로 떨어진다. 목수는 피 철철 흘리는 닭 날개를 잡은 채 이 층 옥상 네 귀퉁이마다 다니며 피를 칠한 후에, 그 수탉을 아래층 마당으로 휙 던진다.

'털썩!' 떨어진, 목 없이 피가 홍건한 수탉이 별안간 땅을 밟고 일어서더니 비틀비틀 이리저리 내닫는다. 머리가 없어서 저승인지 이승인지 구분도 못하고 소리 지르며 뭐라 하지는 못하면서도 어떻게 해서든 살아야겠다 하는 심장은 뛰고 있는 모양이다. 몸부림치며 땅 위를 벌겋게 뒹굴다가, 담벼락 앞으로 넘어지며 바동거리다가 축 늘어진다.

아침에 비가 와서인지 가까운 서남쪽 민오름과 신제주 사이 뒤편으로 쌍무지개가 떠서 아른거린다.

동쪽 집 준기와 몇몇 동네 사람들과 함께 상량식을 보고 있던 일구는 조마조마하면서 섬뜩한 생각도 들고 그 닭이 가련하고 안타깝기도 했지만, 언제나 꿈에 나타나던 새집을 짓는 기쁨이 워낙 커서 그런 생각은 잠시뿐이었다. 아홉 평짜리 지붕을 개량한 스레트집에서 가난하고 서럽게 살면서 훗날에 꼭 남들처럼 새 양옥집을 짓겠다고 어린 때부터 단단히 벼르던 터다. 이제 나이 서른다섯에 오라동 묵은 집터에다 앉힌 겨우 스무 평 되는 헐한 집이지만, 이즈음엔 집 짓는 일이 너무 기뻐서 혼자 있을 땐 덩실덩실 춤이라도 추고 싶었다.

"준기 삼촌, 이 닭다리 하나 뜯어 보세요. 그 술도 한 잔 드시구요."

"여보, 여기 김치 더 갖다 줘."

"정 반장님, 바닥이 좀 불편하시겠지만 이리로 앉으세요."

상량식이 끝나고, 콩을 장만하고 난 각메기를 마당에 깔아 놓고 앉아서 삶은 닭고기에다 한 잔씩들 한다. 일구가 들뜬 목소리로 이웃들을 접대하고 각신 닭을 삶아 온다. 죽도 끓여 간다. 음식 준비에 손이 바쁘다.

마당을 두른 시멘트블록 울타리는 여기저기 금이 나도록 찢어졌고 조금 허물어졌지만 어차피 이번 짓는 집 공사에 헐어 버리고 새로 쌓을 울타리다.

그 울타리 옆에 국화꽃이 한군데 모여 피어 있다. 지어져 가는 집이 흐뭇한 모양인지 꽃이 더 발그레 웃는다. 아까 '상량이오.' 소리치며 의식을 행할 때, 꼬꼬댁 소리 한 번 못 한 머리 없는 수탉이 이승인지 저승인지 몰라서 헤맬 때 애가 끊어지던 마음은 잠시뿐, 곧 아물어 버렸다. 꽃은 자기가 고운 줄 모른다. 그 고운 마음만 세상에 내보낼 뿐이다. 사람들은 꽃이 곱다고만 하지 꽃 마음이 곱다고는 말하지 않는다. 그윽한 꽃향기가 꽃 모양이 아니라 꽃 가슴인 걸 잘 모른다.

일구네 국화꽃은 오늘도 뿌리에서부터 생각을 올리며 눈이 벌겋게 심장의 마음을 세상에다 활활 펼친다.

사람들은 닭요리 먹기에 바빠도 구름 속에서 빠져나온 해는 중천에 떠서 비에 축축해 있는 땅을 다시 말린다.

세상에 펼쳐진 그윽한 꽃향기를 찾아든 작은 말벌 하나 국화꽃에 앉았다. 꽃이 벌을 꼬옥 품어 안았다. 가을이 살그머니 익어 간다.

상량식 마친 집을 보며 일구의 마음도 차츰 익어 간다.

그 상량식을 하던 날.

일구가 어릴 때부터 그렇게 갈구하던 새집을 지으며 상량식을 하니까, 손자 둘을 어르며 보고 있던 일구 어멍의 눈에는 남들 모르게 눈물이 줄줄 나왔다. 자신이 지금까지 고생하며 살아온 생각과 아들 일구가 어른이 되고 아이 아방이 되고 반듯한 직장엘 다니며 이 꿈같은 새집을 짓는 걸 보니 기뻐서 눈물이 종일 나오는 것이었다. 일구는 상량식에 여러 일들 도우면서도 어머니의 눈물을 보고 말했다.

"하하. 어머니, 울지 마세요. 어머니도 기쁘지양?"

일구는 어머니의 손을 잡아 드리기도 하고 기쁜 마음에 함께 눈시울이 젖기도 했다.

그런데, '호사다마'라는 말이 일구네 집에 들어선 듯, 상량식 지나고 보름쯤 후부터 어머니 상태가 좋지 않았다.

"내 몸이 아무래도 많이 아파 이상하구나. 무슨 동티가 들었는가."

종일 드러눕고, '입맛도 없다. 잠도 못 자겠다. 온몸 구석구석 못 견디겠다' 해서 병원에 갔는데 병 고칠 시간이 지나 버린 중병으로, 입원한 달 만에 돌아가신 거다. 그동안 몸이 이상하게 느껴지고 많이 아파도 그냥 참으며 지낸 것이다.

일구는 정말 슬프고 자신이 밉고 억울하게 느껴졌다. 하나 있는 아들을 믿고 평생을 살아온 어머니인데, 효도 한번 제대로 못해 봤는데, 좀 여유로워진 이제야 잘 모셔 보려 했는데, 일구는 장례식날 완성된 어머니 묘지 위에 엎어져서 꺼이꺼이 울었다. 사람들 여럿이 다가와서 일으켜 세울 때까지 큰 소리로 펑펑 울었다.

10. 춘식이

　오래전에, 오라동 아랫동네 삼대독자인 김성국 씨는 나이가 쉰이 되고 딸은 하나 있어도 아들이 없어서 양자를 하나 들였다. 그래도 자기하고 전혀 다른 인연보다 먼 친족 집 자손이라도 들여 보려고, 한량인 팔촌 동생 하나가 어느 술집을 단골로 들락거리다가 그 술집 색시에게서 얻은 사내아이를 양자로 맞이했다. 그 아이 이름을 아주 희망적으로 하느라 '봄 춘'에 '심을 식'인 '김춘식'으로 지었다.

　그 애를 처음 데려왔을 땐 너무 배리배리해서 볼 나위가 없었지만 그 집에 와서 특별히 받들어 모시고 먹이고 하니까 곱다랗게 변하고 똑똑했는데, 장난질이 너무 심하고 고집불통에다 반항아에다 심술쟁이에다 사고뭉치였다. 그래도 양아버지 김성국 씨는 편들어 주고 그저 애지중지만 하며 키웠다.

"사내가 그렇게 하며 커야 돼!"

그런데 춘식이 여덟 살 어느 날, 저녁을 먹고 나서 혼자 엄마 아빠 모르게 자전거를 타고 나가 이리저리 마구 달려 다니다가 공설운동장 길에서 지나가던 차에 부딪쳐 날아 떨어지는 걸 그 길옆을 지나가던 준기가 잽싸게 넘어지며 안아 줘서 다행히 큰 사고가 안 났던 일이 있다. 만약에 준기가 넘어지면서 받아 주지 않았더라면 춘식이는 어떻게 됐을지 모를 상황이었다. 준기는 그날 시내에 나가 친구들과 저녁을 먹고 술도 몇 잔 하고 느긋하게 터벅터벅 집으로 걸어올 때였다. 춘식이를 안고 함께 넘어지면서 얼굴도 다치고 팔목도 삐었지만,
"미안해서 어떡하지요?"
하며 김성국 씨가 주는 병원비도 "아이가 다치지 않았으니 다행입니다." 하면서 받지 않았다.
그러니, 춘식이에게 준기는 생명의 은인인 셈이다.

홀아비인 준기는 어려운 살림이었지만 가끔씩 시내에 나가서 친구들도 만나고 몇 잔 마신 후엔 탑동방파제에 가서 가만히 앉은 채로 바다와 놀기도 하다가 술김에 바닷가를 걸어 사라봉이나 도두봉까지 가면서 파도가 치는 것도 보고 혼자의 세계에 빠지기도 하다가 고개를 숙이고 천천히 걸어오는 걸 좋아했다. 준기는 가로등이라도 훤하게 켜 있는 곳보다 나무나 돌담으로 그늘진 어둑한 곳으로 걷는 걸 좋아했다. 천성이 외롭고, 혼자 있으면서 갖갖 생각 속에서 마음에다 싯

구절을 항상 쓰고 싶어 했다.

어느 가을 늦은 밤. 바지 주머니에 손을 찌른 채 탑동에서부터 집으로 혼자 걸어가는 양준기.

준기가 세상을 보는 게 아니라, 집들과 나무들과 꽃들과 가로등이 감실감실 졸린 눈으로 준기를 살피는 오밤중이었다. 준기가 고개를 푹 숙여도 발이 자기대로 들어서는 공설운동장에는 가로수 벚나무들이 나뭇잎을 거의 떨어트릴 즈음이다.

집으로 걸어오는 준기가 스치며 떨어지는 나뭇잎들을 보면서 바닥에 떨어진 낙엽을 밟는다. 낙엽들이 바스락바스락 반긴다.

"시몬, 낙엽 떨어진 숲으로 가자. 낙엽은 이끼와 돌과 오솔길을 덮고 있다. 시몬, 너는 좋으냐? 낙엽 밟는 소리가."

구르몽의 시를 읊는 준기의 눈 속에서 별똥별 하나가 멀리 날아간다. 순간, 집을 나간 각시가 그 별과 함께 떨어진다.

"시몬, 가까이 오라. 우리도 언젠간 가련한 낙엽이 되겠지. 밤이 되고 바람이 분다. 시몬, 너는 좋으냐? 낙엽 밟는 소리가…."

날씨가 춥고 바람이 세다. 바람 한 줄기가 휑하게 들렀다 간다. 떨어지며 따라가던 낙엽들이 길바닥을 뒹군다. 바람이 다시 줄지어 날아들고 떨어진 나뭇잎들도 줄지어 따라간다. 모두가 갈 곳이 있다는 듯….

준기가 마을 안에 들어섰다.

멀리 있는 가로등이 깜빡깜빡 켜졌다 꺼졌다 한다. 동네의 중간쯤엔 가까운 위치로 작은 상점이 두 군데 있다. 시골에 전방집이야 아이들 과자나 술과 촌살림에 필요한 몇 가지 잡화와 담배 정도를 판다. 가게 안에 있는 식탁 하나와 나무로 만든 의자 몇 개는 술을 좋아하는 사람들을 위한 자리다.

준기는 동네에 들어서면서도 헌 식탁과 그 나무의자가 생각나 전방 문이 열려져 있으면 한 잔 더 하고 싶었다. 그런데 바람도 횡횡 불어 다니고 시간도 늦었는지 가게들도 다 불이 꺼져 있다.

"흐흐. 화투의 난초 껍데기 같은 내 신세, 집에나 가야지."

혼자 중얼중얼하며 바지주머니에 손을 찌르고 걸어갈 때였다.

"어, 저거 누구지?"

아랫집 전방 북쪽 유리 창문이 슬며시 열리면서 누군가 큰 자루 하나를 먼저 던지고 나서 뛰어내리더니 자루를 어깨에 둘러메고 어두운 길가 도랑으로 재빠르게 도망치는 게 아닌가.

"어, 저 저, 꼭 춘식이 같은데 뭔 일이지?"

준기가 고개를 갸웃거리며 생각하는 사이에 그 도둑은 잽싸게 뛰어 멀리 가 버렸다.

"정말 춘식이 녀석인가?"

준기는 무엇을 어떻게 해 볼 수도 없고 그냥 집으로 갔는데, 뒷날은 동네가 뒤숭숭했다.

"어저께 밤에 아랫전방에 도둑이 들었다면서양?"

"그야말로 비싼 걸로만 탈탈 털어갔다면서요?"

"모르는 사람이나 그랬을 테지. 동네 사람은 아니겠지요."

동네 사람들은 남의 일이어서인지 억울한 생각은 없이 그저 흥미로운 이야깃거리로 주고받을 정도였다.

어느 늦은 봄날.

유월이 되려면 아직 보름쯤 남았는데도 봄장마가 끝나고 나니 맑은 날씨와 함께 한여름처럼 무더위가 찾아왔다. 사람들은 장마철 축축한 습기가 남아 있는 집을 말리느라 창문을 활짝 열어젖혔다. 서사라 어느 골목집 마당에 일찍 핀 치자꽃이 이따금 안겨드는 바람에게 진한 향기를 건네며 하얗고 큼직한 눈으로 세상을 희번덕거린다.

한낮의 햇살은 제법 뜨겁다. 아까부터 골목 어귀와 안쪽을 왔다 갔다 하던 한 젊은 남자.

어느 단층 양옥집 대문 앞에 선다. 자세히 살펴보니, 선글라스에 아주 가벼운 얇은 운동화를 신고 더울 듯한 잠바를 입어 언뜻 보기엔 어른스럽지만 앳된 모습의 고등학생 티가 살짝살짝 보이는 남자다.

왔다 갔다 하던 남자가 돌멩이 하나를 줍더니 그 집 마당으로 던진다. 조용하다. 개가 없는 집인 모양이다. 대문 입구 문패를 봤다. '제주시 삼도*동 ****번지 김창국' 두꺼운 나무로 된 문패가 어떡할래? 물어보는 듯 앞에 선 손님을 마주한다.

"웅? 김창국? 어디선가 들어 본 이름인데⋯. 에이, 세상에 같은 이름이 얼마나 많다고⋯."

그 집 정원에 심어진 큰 매실나무가 골목길로 가지를 뻗은 채 아직 익지 않은 매실들이 주렁주렁 달려 있고, 골목길에 떨어진 매실 방울들이 뒹굴며 놀고 있다.

골목길에서 한가한 척 노닐던 남자가 뒹구는 매실 방울 몇 개를 집어 든다. 대여섯 채의 집들이 들어선 골목길이지만 한참이 지나도 행인이 없다. 남자가 반쯤씩 열어진 그 집 유리창을 향하여 손에 쥔 매실을 던진다. '탁!' 조용하다. 유리창의 아픈 소리가 길에서도 들렸다. 다시 연거푸 세 개를 던진다. '탁!' '탁!' '탁!' 유리창은 깨지지도 않으면서 던진 숫자와 맞은 숫자가 틀리지 않게 바깥쪽으로 대답을 한다.

"없다. 아무도 없는 집이다."

사람이 있는 집이면 그 정도 상황에서 분명 반응을 했을 것이다.

남자가 대문을 밀어 본다. 가볍게 밀었는데도 소리 없이 스윽 열린다. 슬며시 그 집 마당으로 들어서서 선글라스를 벗어 주머니에 넣은 후엔 눈알이 휙휙 돌아가며 발길도 축지법을 쓰는 듯 집 현관 앞까지 재빠르다. 현관문 손잡이도 그냥 열려 있다. 찰나의 시간에 남자가 집 안으로 들어선다. 잠깐 선 채로 집 안에다 귀를 기울인다. 조용하다. 골목집이라 차 소리도 안 들린다. '째깍째깍' 거실에 걸린 기둥 시계의 그 큰 불알이 일정한 속도로 그네를 타고 있을 뿐이다.

검정색 큰 마스크를 꺼내 쓰고, 신발을 벗어 양쪽의 바지 주머니에 하나씩 접어 담고 거실로 올라가 안방인 듯한 문의 손잡이를 돌린다. 열려 있다. 집에 사람이 없어도 장마로 습해진 집 안을 말릴 목적으로 모든 문을 개방한 채 있는 모양이었다. 남자의 동작이 빨라진다. 안방인 듯한 곳에 들어간 그 남자는 제일 먼저 옷장을 열고 뒤진다. 서랍과 두툼한 옷들 주머니를 손으로 재빠르게 뒤진다. 없다. 현금 한 푼 없이 텅텅 비었다. 옆에는 이불장이다. 이불 여러 채가 차곡차곡 정리되어 놓여 있다. 손을 깊숙이 넣어 쌓인 이불 모두 칸칸이 뒤져 본다. 또 없다. 아무것도 손에 잡히질 않는다.

"에이 씨팔! 아무것도 없군. 잘못 찾아든 집이로군." 하는 표정이다.
옷장과 이불장을 슬며시 닫아 놓고 있는데, 갑자기 벽에서 누가 쳐다본다. 흠칫하며 보니 벽에 붙은 큰 남자 사진이다. 언젠가 꿈속에서라도 본 듯한 낯이 익은 모습이다. 그 사진 아래쪽에 침대가 있다. 더블이다. 이불이 대충 정리된 채였고 매트리스가 두꺼운 고급스런 침대다. 남자는 우선 먼저 그 두꺼운 매트리스를 들어 올렸다. 순간, 눈에 담아드는 만 원짜리 지폐 다섯 뭉치.
'아! 오! 크큭~ 캬캬캬….'
납작하게 눌려 있는 돈뭉치를 보며 스치는 미소가 남자의 눈을 가늘게 만든다. 돈다발을 잠바 안주머니에 쑤셔 놓고 거실로 나왔다. 그리고 주머니에서 신발을 꺼내려는데,

"오빠, 들어와."
바깥 대문이 열리면서 여자가 앞서고 남자 하나가 뒤따라 들어오는 게 아닌가.
거실에 있던 남자의 눈이, 스치며 지나가는 써치라이트처럼 움직이더니 가까운 방문을 얼른 열고 무조건 들어간다. 먼저 들어간 방보다

는 작았고 비교적 작은 침대 하나와 컴퓨터용 책걸상과 벽에 부착된 긴 옷장이 있는 방이었다.

바깥 사람들이 금방 집 안으로 들어올 것 같다. 남자는 지체 없이 옷장 문을 열었다. 여자 옷들이 가득하다. 옷들 뒤로 들어가 숨기에는 적당했다. 구석지고 어두운 옷장 속에 웅크려 앉았다.

"오빠, 이리로 들어와. 그리고 화장실에 샤워기가 있어. 오늘은 엄마 아빠가 성산포 외가에 장례일이 있어서 갔기 때문에 밤에야 올 거야. 그러니 천천히 씻어."

"크큭, 아라떠. 같이 씻을까?"

말투에 불량기가 가득 스며 있는 남자의 목소리다.

"호호. 아냐. 아까 나갈 때 씻었어."

이런 대화를 하면서 들어오는 방이 하필이면 남자가 옷장 속에 숨어 있는 그 방이다. 바짝 긴장해진 옷장 속 남자가 더부룩한 잠바 안 주머니를 만진다. 있다. 늘 소지하고 다니는 과일깎이용 과도가 화장지에 여러 번 감긴 채 들어 있다. 여차하면 일을 저지를 각오가 단단하게 되어 있는 듯 딱딱한 몸으로 있다.

"어쩌지? … 그냥 뛰쳐나가다가 방해하면 찌르고 달아날까? … 안 돼. 그러면 신고가 되고 금방 잡힐지도 몰라. 그냥 있어 보자."

점퍼 주머니에 돈다발이 만져진다.

"아 성심아, 기다려. 토요일날 서귀포 허니문하우스와 남태평양 나이트크럽! 다 예약해 두었거든…."

돈다발을 누르며 중얼거린다.

"그래. 부모들이 밤에 온다니 일단 여기 숨어 더 기다려 보자. 저 남자도 때가 되면 나가겠지."

문을 여닫는 소리. 샤워기 물이 쏟아지는 소리.

순간, 옷장 문이 열린다. 숨어 있는 남자가 흠칫 놀란다.

옷 사이로 잠깐 보인 여자 얼굴이 예쁘장하다. 스무 살 좀 넘었을까. 여자는 무심코 옷 하나를 꺼낸 후 다시 문을 닫는다. 아마 속옷을 꺼내 간 모양이다.

잠시 후, 오빠라 불리는 사람이 샤워를 마치고 방으로 들어오는 기척이 났다.

"아, 시원하다. 오늘은 꽤 더운 날이다이. 옷이 하나도 필요 없는 날. 크크크. 그렇지이?"

"응, 여름이 다 된 것 같아. 이 침대로 올라 와. 에어컨 틀어 줄까?"

"그럴까? 크큭, 그래야 땀이 덜 나지."

잠시 대화에 뒤따르는 행동들과 소리가 끝난 듯,

"근데 너네 식구들은 몇 안 되는 모양이다이? 아까 신발장을 보니까 신발이 몇 개 없던데…."

"응, 요즘은 부모님과 나만 살아. 오빠는 서울에서 대학 다니고. 그런데 오빠, 어젯밤 우리 '꽃썹싸롱'에 매상 올려 줘서 고마워. 호호호."

"어제? 크큭. 주식도 대박 맞고, 간만에 친구들에게 한잔 샀지. 흐흐흐. 근데, 너넨 식구가 단출해서 좋겠다. 우린 아들만 셋이라서 저녁에 집에 다 있는 날은 와글와글 느낌이야."

"호호. 남자들이 많으면 재밌겠는데… 호호호호."

"크크, 만자네 부모들은 사이가 좋겠다. 분위기도 조용하고…."

"칫, 그렇지 않아. 우리 어멍이 막 눌러 참고 살아가는 거야."

"눌러 참고라니?"

"우리 아방이 워낙 바람둥이라, 이미 이혼을 했을 텐데도 엄마가 아이들 때문에 눌러 참고 산대…."

"그래?"

"한 15년 더 됐나? 그때 우리 아방이 저 동문통 다락방 술집을 밥 먹듯 눈이 벌겋게 다닌 모양이야. 거기서 어떤 년 하날 만나서 사내아이를 낳았대. 마침 저 오라동에 아들이 없는 친족이 부탁해 와서 거기에 양자로 보냈대. 호호호. 웃기지? 그 애가 나보다 둘이나 셋 정도 아래 같아. 아마 살아 있으면 고등학생쯤 됐겠다."

"크크큭, 너네 아방 웃긴다이? 능력이 좋네. 크크."

"쳇, 사내놈들은 다 그럴 것 같아. 오빠도 그럴 소지가 만땅! 호호호."

"크큭. 너도 동물의 왕국을 자주 보는 모양이군. 너도 고딩 땐 너네 학교 일진에서 짱이었고 사고뭉치였다며?"

"호호호. 그건 맞아. 딴 학교에서 사고 치고 우리 학교로 전학 오는 애들이 다 까불까불 대장질하려 하거든? 그러면 내가 그년들 다 단칼에 확 쌔려 버렸지. 그 후에 나만 보이면 멀리서부터 꼬리를 사려. 호호호. 그 맛에 일진 짱을 했었는데, 그러다 학교서 싹뚝 잘렸지만….

호호호. 웃기지이?”

"크크. 야, 만자야, 넌, 보기엔 예쁘고 얌전만 할 것 같은데이?”

"얌전? 웃기지마 오빠! 쓸데없는 말 말고 언능 안아나 줘.”

"크크큭, 야 만자야, 부모들도 너 술집 다니는 거 알아?”

"모르지. 어디서 알바나 하고 있는 줄 알지. 으으~ 흐~흥….”

둘의 대화는 끊겼지만, 둘의 대화마다 옷장 속에 숨어든 남자의 안색이 여러 번 변했다.

"?”

"….”

"!”

몸이 더 굳어지며 눈을 끔뻑거린다.

"그러면 여기가?….”

"춘식아, 너를 낳은 친아버지 이름은 '김창국'이란다. 그냥 그런 줄만 알고 있어라. 꺼억….”

잔뜩 취한 넛하르방이 들려주던 이야기가 생각난 것이다.

맞다. 춘식이었다. 도둑질하러 그 집에 들어간 손님은 다름 아닌 춘식이었던 것이다. 우연치곤 대단한 우연이었다. 자기를 낳은 아버지 집에 들어가다니….

물리적 힘이 전개되는 듯 침대가 못 견딘 소리를 낸다. 숨소리들이 더해지며 소음을 높인다.

"에이 씨팔, 귀를 틀어막을 수도 없고…."

옷장 안의 춘식이는 상당히 난감한 모양이다.

삐걱거리는 속도가 차츰 빨라지고 남자의 목에서는 쇳가루를 부수는 쇳소리가 나는 것 같고 여자의 목에선 언제 숨이 넘어갈지 모르는 중환자의 앓은 소리가 계속된다.

"에이, 저것들을 그냥 확!"

하지만, 주말에 서귀포로 놀러 가기로 약속한 성심이가 디스코를 섹시하게 흔들며 다가오는 모습이 떠오르고 태평양이 보이는 서귀포 앞바다가 허니문하우스로 물결을 보내는 것이 보인다.

"그래, 참자."

주머니 속 돈다발이 툭툭 건드려오는 것 같다. 시간이 꽤 길다.

"저게 내 누나? 만자라고? 키키킥, 길긴 길다…."

숨이 넘어가는 듯한 중환자의 비명이 여러 번 들렸다.

"야, 빨리 끝내라 이 새끼들아!"

춘식이는 속에서 울화통이 터질 듯한데, 물리력에 당하는 침대도 버티다가 지쳤는지 이젠 쉰 목소리까지 내고 있다.

옷장 안에 켜진 채 벌겋게 이글거리는 두 눈.

잠시 후, 잠잠해지더니 여자가 말했다.

"오빠, 밖에 나가서 나 냉면 사 줄래?"

춘식이는 그 일이 있고 난 후부터 더 거칠어지고 양부모들이 더 싫어졌다.

"춘식아, 너 그렇게 학교도 제대로 가지 않고 어떡할 거니? 우리 가문은 네가 맡아서 이어 가야 할 텐데, 공부는 못해도 좋으니까 학교라도 잘 다니고 졸업은 해야 한다. 알겠지?"

어멍 아방이 그렇게 걱정하는 말을 하면, 춘식이는 찌무룩해지면서 말했다.

"놔두세요. 내가 알아서 할 테니까…."

어멍 아방은 친족 집에서 데려온 양자라도 가문을 대물림해야 할 거라 친부모 이상으로 그 애를 아끼면서 키워 왔는데, 춘식이는 마차가 지나가다 돌길을 구르며 넘어가는 소리로 퉁명스럽게 대답을 하곤 했다.

부모들은 다 늙어 가고 춘식이는 크면 클수록 말을 더 안 듣고 나쁜 친구들과 어울려 다니면서 싸움질과 도둑질과 마구 저지르는 불량한 행동으로 부모의 속을 썩이는 일이 셀 수 없을 정도였다. 오죽했으면 얼굴에 여드름이 퍼지던 열여섯에 소년원에 들어갔다 나와서, 늦게 고등학교에 입학하게 됐는데도 껄렁껄렁 다니며 큰 패싸움에 들었다가 퇴학을 당하고 난 후 집을 나가 몇 날 안 들어오는 경우가 많았다.

그런데, 그 춘식이도 윗동네 준기에게는 얌전하게 대한다.

길에서 보이면 "삼촌, 어디 가세요?" 하며 인사도 제대로 하고, 준기가 무거운 걸 들고 있으면 얼른 달려가서 도와주곤 했다.

"춘식아, 넌 부모님 말씀 귀에 잘 담고 다녀야 된다. 알았지? 네가 너의 집안에 기둥이다. 어멍 아방은 늙어서 언제 돌아가실지도 모르고 하니 네가 정신을 차리고 앞으로 살아갈 궁리를 해야 한다. 잘못된 걸 추켜세우는 친구들 말에 귀가 얇아지지 말고….”

“예 삼촌, 알았습니다. 명심하겠습니다.”

춘식이가 어렸을 때, 하마터면 교통사고로 죽을 뻔했을 때 준기가 몸을 던져 가면서 자기를 구해 줬던 걸 직접 자기 눈으로 봤던으니 준기가 자신의 ‘생명의 은인’이라 하는 걸 마음에 새기고 다니는 모양이었다.

한번은 준기와 일구가 시내에서 저녁을 먹고 기분 좋게 흥얼거리면서 집으로 오는데 공설운동장 한라체육관 마당에서 젊은 아이 둘이 화를 내는 누구에겐가 맞는 것 같아서 그리로 가서 보니 때리는 사람은 춘식이었고 맞는 아이들은 비슷한 또래의 고등학생 같았다. 춘식이가 고등학교에서 퇴학을 맞을 즈음이다.

“야 이 새끼들아, 선배가 보이면 인사도 제대로 못 하나?”

춘식이가 큰소리를 치더니 다시 한 아이의 얼굴을 쥐어박고 발로 사타구니를 찬 후에 다시 정강이를 찬다. 맞은 아이가 휘청거리며 정강이뼈가 아픈 모양, 거길 손으로 잡고 털썩 주저앉는다. 맞는 아이들은 말 한마디 변명도 못 하고 맞는 모양이었다.

“야 춘식아, 왜 그래? 무슨 일이야?”

춘식이가 준기인 걸 알고 미안한 듯 말했다.

“아무것도 아니에요. 일 년 후배들인데 내가 보여도 모른 척 지나가

잖아요."

"춘식아, 그렇다고 사람을 함부로 패면 안 되잖아!"

일구가 화난 듯 말을 하고 준기는 이렇게 말했다.

"아이고 춘식아, 어떡해서 네 마음이 그렇게 차가워져 버렸니? 누구에게나 따뜻하게 대하라고 하니까…. 내가 말하지 않더냐? 심장이 뜨겁게 쿵쿵 뛰는 건 '열심히 착하게 살자!' 하는 소리라고…."

셋이 말을 하는 사이 아까 맞던 학생 둘이서 슬금슬금 달아난다.

"예 알았습니다. 삼촌, 다시 명심할게요."

이렇게, 춘식이는 사리 분별이 부족하고 철이 없었지만 준기에게는 유독 다소곳이 대하는 것이었다.

이렇게까지 과정을 보면, 삼대독자 집안에 양자로 들어간 춘식이는 어리광부릴 때부터 양부모가 애지중지 키워 주니 나중엔 세상 무서운 것도 부족한 것도 없이 그저 떼를 쓰고 우는 것 하나로 자기가 하고 싶은 대로 다 되니까 버르장머리도 없어지고 나이가 들수록 부모속을 더 썩였던 것이다.

나쁜 친구들과 같은 또래의 여자들과 떼를 지어 어울려 못된 짓 저지르며 큰 패싸움에 주동이 되었다가 고등학교에서 퇴학을 당했고, 너무 속상하고 애통 끊어지게 된 양부모는 양자가 없는 셈하겠다고 주변에다 말할 정도였다.

춘식이가 커 가면서 어멍 아방이 당부모가 아닌 걸 알게 된 후부터는 부모를 더 못 견디게 하면서 이 핑계 저 핑계로 돈이나 뜯어 가고

큰 사고나 저지르며 다니니 양부모도 한계가 있지 어떻게 해 볼 도리
가 없어서 기가 막히고 화가 나도 춘식이를 그냥 내팽개쳐 버리게 된
것이었다.

21세기가 들어섰다.

새 밀레니엄시대가 되었다며 세상은 사뭇 살판이 난 것처럼 떠들
썩해지고 젊은 사람들은 더 놀기 좋은 시절이 왔다고 들떠서 헤매곤
했다. 그리고 한편, 물질문명이 발달할수록 세상을 쉽게 얻으려 하거
나 쉽게 포기하거나 하는 인명 경시 풍조와 이기주의는 점점 더 익어
갔다.

입춘이 갓 지나고 설 명절 나흘 전 아침 아홉 시 이십 분, 잠시 후엔
은행이 영업을 시작할 것이다.

튼튼금고은행 중앙지점 앞.

돈을 실은 은행 차가 점포 앞에 세워지고 차에서 직원 둘이 내리려
문을 여는 순간, 모자를 깊이 눌러쓰고 검정 마스크를 하고 키도 비슷
한 남자 셋이 그 차 안으로 큰 회칼을 내밀며 잽싸게 달려들면서 소리
쳤다.

"그 가방 이리 내놔!"

돈 가방을 뺏으려 한다. 은행 직원이 발로 차며 반항하면서 가방을
끈질기게 꽉 잡고 놓질 않으니까 남자 하나가 회칼로 그 직원 손을 마

구 찔러 댄다.

"강도야!"

옆에서 부들거리던 직원 하나가 큰 소리로 외친다.

가방을 빼앗은 강도들이 길을 가로질러 건너편 구석에 세웠던 차를 재빠르게 타고 달아난다.

"강도야!"

이삼 분 사이에 일어난 강도사건이었다.

은행 안에 있던 직원들이 달려 나오고 경찰차가 비상등을 번쩍거리며 현장에 왔을 땐 이미 강도들은 어디론가 사라지고 흔적도 없을 때였다.

은행 지점에선 대목이 되면 현금이 많이 나가니까 그날그날 필요한 현금을 본점에 가서 수령하고 오는데, 그날도 직원 둘이 차를 타고 가서 돈을 가져오는 중이었다. 어떻게 그걸 알았는지 강도들이 시간을 정확하게 맞춰서 만 원짜리 지폐 일억 원이 든 돈 가방을 통째로 강탈한 것이다.

경찰에서 달아난 차를 조회해서 보니 그 차도 도난당한 차였다.

신제주 챔피언 나이트클럽.

천장과 벽에서 여러 색깔 불빛이 번쩍인다. 술이 얼근한 젊은 남자 셋에 여자 아이 둘.

"크큭. 야, 오늘밤 근사하게 실컷 놀아 보자. 성심아, 너 돈 필요하지?"

"응, 나 명절에 입을 만한 옷이 없어."

"알았다. 이따가 내가 돈 주마. 캬캬캭."

"햐, 너 춘식이, 아방에게 명절이라고 세뱃돈 미리 많이 받아 둔 모양이다이?"

하고, 옆에서 껌을 딱딱 씹으며 얼굴에 홍조를 띤 여자 아이가 졸라 대며 말을 했다.

"춘식아, 성심이만 여자냐? 나도 옷 한 벌 해 주면 안 돼?"

"캬캭. 야 경미야, 너 참기름 좆나 먹었냐? 말이 당차게 미끄러져 나온다이? 성심인 나와 함께 이 년을 쭉 붙어 있고, 너는 겨우 몇 달에 한 번 만나고도 날 본 체 만 체하는 것이. 캬캭…. 쪼우와, 명절 기분으로 너에게도 옷 한 벌 사 주마."

"정말로? 쪼우와! 호호. 난 그냥 해 본 말이었는데 정말로 복권 맞았네. 호호호."

학생처럼 보이진 않아도 고등학교를 중퇴한 날라리들끼리 뭉쳐 다니면서 아무 계획도 없이 못된 짓이나 하는, 철없이 사치나 부리는 년 놈들이다.

오늘은 비싼 양주도 한 병 까 놓았다.

"자, 세상이 좆나 찢어지게 놀아 보자. 캬캭캭. 인생 별거 있어? 한 번 왔다 가면 그만인데…크큭."

"이 폭탄주도 완샷이다이? 자, 쨍!"

다들 단숨에 마시고 나서 무대 앞으로 나가 별별 춤으로 어지럽게 날뛴다.

무대 위의 악단은 신들린 것처럼 〈헬로우 미스터 몽키〉를 합주하고 있고 얼굴이 후끈후끈하는 무대 앞쪽에 손님들이 가득 나와 신발창이 닳도록 자기들만씩 틀린 춤으로 몸뚱이를 비비 꼬며 흔든다.

춘식이는 유별난 춤을 잘 춘다. 엉덩이를 앞으로 뒤로 바쁘게 흔드는 춤인데, 꼭 수캐가 암캐에게 올라타서 교미하려 애쓰는 모습과 비슷한 액션이다.

음악이 바뀌어 〈베사메 무초〉가 빠른 템포로 실내를 돌아다니니까 술도 얼근한 춘식이가 암내 맡은 수캐처럼 경미 앞으로 엉덩이를 애드리브로 흔들며 춤을 춘다. 천장과 벽에서 번쩍거리며 숨 가쁘게 켜졌다 꺼졌다 하는 조명도 지쳐 갈 즈음, 하필, 경미도 흔들흔들 춘식이 춤에다 박자를 맞추며 끈적대며 붙어 갔다.

시커먼 안경과 거무스름한 가죽 잠바에 까만 가죽 장갑을 낀 남자 둘과 초라하게 차려입은 남자 하나가 성큼성큼 걸어오더니만 춤추는 춘식이에게 달려들어 양쪽 손을 뒤로 잡아다 수갑을 채운다.

"야 이 새끼들아, 너희들은 뭐야? 이 손 놔라!"

춘식이가 큰 소릴 지르고 날뛰며 바둥거린다.

"이 나쁜 새끼! 이렇게 놀려고 강도질을 했구나. 그 입 다물지 못해?"

형사들이 큰 소리로 야단치고 꾸짖으며 까딱하면 주먹이라도 날릴 기세다.

춤추던 사람들이 순식간에 자리로 돌아가고, 춘식이는 큰소리만 치다가 제풀에 지쳐 고개 숙이며 맥없이 바깥으로 잡혀 나간다.

친구들과 어울려 실컷 먹고 놀려면 돈이 있어야 한다.

며칠 진 튼튼금고은행 중앙지점 강도사건 주범이 춘식이었던 거다. 공범 둘도 모두 잡혔고, 그 사건으로 춘식이는 '특수강도상해치상죄'로 15년 징역살이를 선고받았다.

11. 준기의 심장

일구도 마흔 중반이다. 회사에선 회계과장으로 승진도 했고, 출퇴근도 운동 삼아 삼십 분 정도씩 걸어서 다녔다.

어느 날,

"아이고 일구야게. 너희 동쪽집 준기가 죽었다고 한다. 어찌할꼬…."

"예?" 일구는 말문이 막혔다.

퇴근길에 집으로 걸어오는데 마을 동쪽 어귀에 서 있던 약간 등 굽은 정잇할망이 한숨을 쉬며 하는 말이다.

"예? 무슨 일로마씀? 언제요?"

"병원에서 심장이 심하게 안 좋아져서 가망이 없다며 집으로 보냈는데 오늘 오후에 죽었다고 하더라. 아이고, 아까운 사람인데…."

"아이고. 큰일이네요. 이거 어떡하지요? 할마님, 잘 알았습니다예."

일구는 놀라면서 집으로 급히 달렸다.

집에 들렸다가 옷을 갈아입고 저녁 친목 모임에 갈 생각이었는데, 일구는 준기가 죽은 일이 그보다 더 급하고 큰일이 아닐 수 없었다.

일구는 오늘 새벽꿈이 떠오르며 중얼거린다.

"아이고 글쎄, 준기 삼촌과 그 여편 삼촌이 오일장에서 손을 잡고 가는 게 보이더니 이러려고 그 꿈을 꾸게 되었었구나. 준기 삼촌이 집을 나간 여자 삼촌을 계속 기다리고 있었었는지 모르겠다."

이런저런 생각을 하며 집에 돌아온 일구는 얼른 옷을 갈아입고 동쪽 집으로 달려가 보니 마침 입관을 하고 있어서 같이 도와주는데, 죽은 준기 얼굴이 아주 창백하고 야위게 보였다.

"아이고 준기 삼촌! 왜 이리 일찍 가셨나요…."

눈물 흘리는 일구의 머릿속에는 일구가 어릴 때부터 봐 오던 준기와의 일들이 떠올랐다.

준기는 일구보다 열 대여섯 위지만 친삼촌이나 형처럼 일구를 아껴 주었다. 그러나저러나 일구에겐 친족이나 가족들 중 그 준기처럼 이런저런 일들을 가르쳐 주고 보살피며 돌봐 줄, 이른바 멘토가 없었기 때문에 그 동쪽 집 준기가 언제나 고마우면서 가깝게 여겨지곤 했었다.

준기는 태풍이 크게 불어 일구네 집 초가지붕이 흩날려 가면 밤중에라도 와서 지붕을 돌로 눌러 주기도 하고 뒷날은 띠와 억새풀을 베어다가 지붕에 덮어 주기도 하고 집 줄을 새로 묶어 주기도 했다. 일구가 새집을 지을 때 자기 일처럼 기뻐하며 날마다 오며 가며 살펴주고 도와주곤 했다.

그렇게 고마웠던 준기가 죽은 것이다. 준기의 소식을 누가 기별해준 모양인지 집 나갔던 그 여편 삼촌이 집에 들어왔다. 일구가 마당에서 장지에 사용할 멍석들과 삽과 괭이와, 불 필 때 쓸 종이와 헝겊 따위를 준비하고 있으니까 그 여편 삼촌이 들어오면서

"아이고, 일구로구나게. 많이 고생하는구나. 그런데 이게 어찌된 일인고. 아이고, 아이고…."

급하게 말하며 일구 앞을 지나 시신이 들어있는 관 쪽으로 가는데, 집으로 오는 그 틈에도 화장을 잘했는지 그전에는 가무스름하던 얼굴이 지금은 하얀 얼굴에 입술도 불그스름하게 칠하였고 스쳐 지나갈 땐 무슨 꽃냄새인지 향기를 확 풍겼다.

준기 상 앞에 가자마자 곧바로 병풍 뒤에 있는 관에 가서 얼른 엎어지고 관을 두드리며 대성통곡을 시작한다.

"아이고 아이고, 이거 무슨 세상 일입니까. 아이고, 아이고."

어느 누가 들어도 그 여편 삼촌 곡소리가 제일 컸다. 정말 서러운 곡소리인지는 몰라도 눈물이 정말로 뚝뚝 떨어진다.

"아이구 저 나쁜 년 보라게. 목소리가 꼭 여우 같지이?"

"글쎄마씀. 죽은 서방만 불쌍하지에. 글이나 쓴다면서 모자란 사람

같이 싫은 소리 한 번도 못하고 제대로운 대답도 들어 보지 못한 채 각시를 놓쳐 버린…. 그러니 얼마나 안타깝게 죽은 거야. 불쌍하기도 하지."

"각시 없이 혼자 살면서 자기대로 뭔가를 잘 챙겨 먹지도 못했을 터이고…."

"각시가 가 버린 후에 어디 가서 술은 잘 마시면서도 애교부리며 홀리는 기생 아랫도리도 한 번 못 만져 봤을 거야."

"보나 마나 그랬을 거라. 사람은 아주 좋아도 무르고 미련하고 숫기가 하나도 없으니까 그랬을 테지. 사람이 빠릿빠릿하고 욕심이라도 찼으면 벌써 새장가라도 가서 새끼들도 낳고 저렇게 일찍 죽지도 않았을 건데…."

"그나저나 저 간사하고 눈에 거슬리는 저 여편 낯가죽도 두껍군. 꺼림칙해서라도 저렇게 못할 텐데…. 어떡하면 저렇게 시치미를 떼고 들어와서 저럴 수 있는지 참…."

정잇할망이 화가 난 듯 말을 하니까 어떤 젊은 아줌마도 고갤 끄덕이며 말했다.

"글쎄 말입니다. 저 여편은 집이여 밭이여 여러 가지 재산들을 자기 혼자 먹으려고 하니 저렇게 낯가죽이 두꺼워지는 거겠지요."

"그래도 어떡할 거야. 제 맘대로 샛서방질하며 달아나 버린, 아무리 나쁜 년이라도 우리는 뭐라 할 수 없잖은가? 딱하기만 할 뿐. 저 준기만 안된 거지."

조문하고 나온 사람들과 무릎 앉으면서까지 상가 일을 돕던 동네 아줌마들과 할머니들이 큰 소리는 못 내니까 슬쩍슬쩍 입 맞추는 말들을 하면서, 화가 많이 나도 뒤에서 그저 그 여편네 뒷머리나 물끄러미 보며 욕만 할 뿐이었다.

어허낭창 어허노세~　　　　어허낭창 어허노세~

노세 허자 젊어노이라~　　　어허낭창 어허노세~

늙어지민 못노나이니~　　　어허낭창 어허노세~

달도 차이면 기우나이니~　　어허낭창 어허노세~

어느 누가 셍각을 허나~　　　어허낭창 어허노세~

원통허고도 원통허다~　　　어허낭창 어허노세~

어느 누가 셍각을 허이나~　　어허낭창 어허노세~

이렇게 힐 줄을 누가 아이나~　어허낭창 어허노세~

　명정은 준기네 고향에서 온 오촌 조카가 제일 앞에서 들고 나섰고, 그 뒤로 준기네 조카며느리 하나가 영정을 든 채 장례 행렬 앞에서 걷고 또 그 뒤에서 광목으로 만든 줄로 상여를 인도하는 건, 복친들이 별로 없어서 마을 부녀회 회원들이 나섰고, 뒤따르는 행상은 키가 큰 일구가 맨 앞에 메고 나섰다. 마을 상례 일을 거의 도맡아서 해 주는 동네 어른이 딸랑딸랑 소리 나는 종을 손에 들고 행상운반을 지휘하며 행상노래 앞 구절을 크게 낭송하면 나머지 상뒤꾼들과 뒤따르는 사람들 모두 후렴구로 "어허낭창 어허노세"를 크게 소리치며 반복하여 불렀다.

일구는 눈물이 펑펑 나왔다. '너무 안타깝다. 그 착하고 아까운 어른이 환갑도 되기 전에 돌아가시다니….' 이제 천길만길을 떠나가는 준기 삼촌이 불쌍하다. 아침 일찍 상뒤꾼들 밥을 먹일 때 소주 세 보시기를 연거푸 마셨더니 얼근하게 취한다. 행상을 맨 앞에 멘 사람이 가장 힘이 든다. 키가 작은 사람은 키가 큰 사람의 뒤에 있으니 어깨에 무게가 별로 닿지 않게 멜 수 있기 때문이다. 준기가 행상에서 내려와서 "일구야. 힘들면 다른 사람에게 행상 멘 자리를 바꿔 달라고 해." 하면서 달래 주는 말을 할 것 같다.

장지가 먼 곳이라, 집에서 마을을 지나 동네 어귀까지는 행상을 사람들이 메어 가고 잠시 멈춘 후, 망자에게 진행상황을 보고하는 듯한 주문을 읊고 간단한 제례와 상뒤꾼들에게 음식을 또 먹인 다음 화물차에다 행상을 옮겨 싣고 장지 근처인 용강마을 외곽에서 다시 차에서 행상을 내리고 사람들이 또 메어 장지로 간다. 어젯밤 들녘에는 비가 내렸던 모양인지 길바닥이 질퍽거렸다. 길이 오르막에다 미끄럽고 좀 험해서 행상꾼들이 비틀비틀 하면서도 행상이 땅에 닿지 않도록 조심조심 움직이는 게 보통 정성들이 아니다.

묻을 자리에서 조금 떨어진 데다 행상을 놓아 상을 차려 놓고 땅을 파기 시작하였다. 일구는 열심히 일을 했다. 동관도 같이해 주고 무덤 덮을 흙을 파는 일도 앞장서 하면서 흙을 담은 망태도 먼저 이고 날랐다. 어깨에 상처가 날 만큼 힘이 들어도 준기 삼촌만 생각하며 열심히 날랐다. 힘이 들어 못 견딜 중간에 상주가 주는 술도 얼른 받아 마시며 눈물 줄줄 흘리며 장례 일을 했다.

일을 하면서 준기가 했던 말들이 생각난다.

"일구야, 심장과 마음은 하나여! 심장이 멈추고 없어졌다고 우리가 죽어 버리는 게 아니라, 우리들 마음이 살아 있으면 심장도 언제까지고 살아 있는 거지. 그러니 네 마음을 목숨이 있을 때까지 세상에다 많이 심어 둬라. 하하하."

"맞습니다. 삼촌, 삼촌 마음이 제 안에 심어져 있으니 삼촌도 절대 죽지 않을 겁니다. 준기 삼촌! 나중에 삼촌이 좋아하는 술을 들고 자주 오겠습니다. 흑흑흑….."

마음속으로 그렇게 생각하며 잔디를 덮을 땐 깨끗하고 단단하게 밟아 주며 정성을 다해 봉분이 모두 만들어지니 그제야 일구 마음도 한결 펴지고 가벼워졌다.

키도 작고 나이가 들었지만 똑똑하고 야무지게 말을 하는 정잇할망은, 남제주 표선 정윗골에서 오라리로 열아홉에 시집을 와서 나이가 들었다고 '정잇할망'이라 불려졌다. 시집을 와서 칠십 년이 다 되었는데 아직도 몸과 마음이 정정하다.

하루는 일구가 퇴근을 하는데,

"아이구 일구야게. 준기넨 함석집도 뜯고 넓은 마당에 있던 나무들 모두 잘라 버리고 울타리도 헐어 버리고 있더구나."

정잇할망은 아랫마을 동편 입구에 있는 팽나무 아래 듬돌에 앉았다가 일구가 걸어서 퇴근하는 게 보이면 곧장 일어서며 말을 붙이곤 한다. 하루 종일 거기서 기다렸다는 듯이 일구를 반긴다.

"양? 그건 무슨 말씀인고마씀?"

"나도 잘 모르겠다게. 모르는 사람이 감독하며 인부들을 시키고 있었고 포클레인이 오더니 집을 모두 부숴 놓고 울타리도 허물어 놔서 이젠 큰 차들이 그 부서진 것들을 실어 나르고 있더구나."

"어떻게 된 일인고예?"

"글쎄 말이다게. 그 나쁜 년이 서방 죽고 석 달 만에 집, 밭 모두 팔아먹은 건지, 어디 뒷서방놈과 눈이 맞아 거기를 뜯어 두고 큰 집을 지으려 하는지 모르겠구나. 에이구, 죽은 서방만 불쌍하지. 아까 낮쯤엔 그년이 차를 운전하고 와서 요망스럽게 궁댕일 흔들며 내리더니 그 사내놈에게 아양 부리며 깔깔깔 웃고 있더구나…. 같이 가 보자. 나도 다시 거길 보고 싶구나. 어떻게 됐는지 궁금도 하고."

"아, 그러시겠어요? 예, 함께 가시죠."

일구가 정잇할망과 함께 준기가 살던 동쪽 집에 가서 보니 오래된 함석집이 흔적도 없이 사라져 버렸고 울타리도 없어지고 마당에 있던 나무들도 하나 없이 바닥이 평평하게 잘 정리되어 있었다. 아마도 거기에다 큰 집을 지으려는 것 같았다.

"아주 깨끗하게 치워 갔군. 여기다 무엇을 어떻게 하려는지 모르겠다이?"

"글쎄요. 보기엔 여기에 큰 집을 새로 지으려 하는 거 같긴 하네요."

"에고, 그 착한 서방 준기도 이걸 보고 있으려나원. 보고 있거든 홧김에라도 얼른 일어나서 왔으면 좋겠네. 와서 이 여우 같은 년을 그냥…."

정잇할망은 자기 일처럼 화를 낸다. 일구가 생각해 봐도 너무 억울하고 안타깝다. 일구는 오며 가며 그 집만 쳐다봐도 준기 가 늘 가까이 있는 것처럼 여겨졌는데 이젠 그 준기 삼촌을 아예 잃어버리는 것 같았다.

"하하. 정잇할마님, 할 수 없는 일 아닙니까에. 가시죠. 저희 집에 가서서 따뜻한 커피나 한 잔 하시게양?"

"그럴까? 나도 커피가 먹고 싶긴 하구나. 네 각시도 집에 있겠지이?"

"예, 있을 겁니다."

일구네 마당이 넓진 않아도 녹나무여 동백나무여 단풍나무여 향나무여 여러 가지 나무들과 꽃들이 잘 다듬어져 있고 집도 지은 지 십년 정도나 되었으니 아직은 새집처럼 보인다.

"이리 들어오세요. 안으로 들어가게마씸."

"아고 말다게. 이 마당이 시원하고 더 좋다게."

"아이고 할마님 오셨어요? 집 안으로 들어오세요."

일구 각시가 반기는 소리에 정잇할망이 말했다.

"아니야. 여기가 더 좋은데."

정잇할망은 기어이 집 안으로는 안 들어오고 마당만 고집하였다. 마당에 의자 몇 개와 작은 탁자도 하나 있어서 그리로 가서 먼저 앉는다.

"그래도 서방 각시가 부지런하니까 마당을 곱게 잘 가꿔 놨구나. 나무들과 꽃들 모두 멋지게 다듬어 놓고 보기가 참 좋다. 너희 어멍이 지금까지 살아 있었으면 얼마나 좋을까. 내가 날마다 여기 놀러 왔을 텐데…. 일혼도 되기 전에 데려가 버려서…."

정잇할망은 일구 어멍이 살아 있을 때 서로 자매처럼 친하게 오고 가며 아이들이 먹을 맛있는 것도 가끔 만들어다 주곤 했었다.

"할마니는 요즘 어떻게 지내세요? 혼자라도 식사는 잘 챙기고 계시지양?"

잔칫집 커피를 들고 오던 일구 각시가 하는 말에 정잇할망이 말했다.

"그렇고 말고게. 나 혼잔데 입이야 굶기겠니? 부산에 있는 딸이 매달 돈을 보내 와서 그걸로 충분이 살 수 있지. 반듯한 집도 있고 하니 삶이 어렵지는 않아."

정잇할망은 가져온 커피가 뜨거운 모양인지 후~ 불며 한 모금씩 마시며 말했다.

정잇할망은 마을 동쪽 김씨 댁 본처였다. 하르방이 많이 배우진 못했지만 손재주가 워낙 좋았고 잘사는 집이었는데 아들 없이 외동딸 하나 낳고 살다가, 그 집안에 내력으로 내려오는 병인 간암으로 환갑도 전에 돌아가셨다.

"할마님, 하르바님 생각 많이 나시죠? 하르바님이 아주 훌륭하시고 잘생기셨다고양? 하하하."

일구가 하는 말에 정잇할망이 말했다.

"에고, 우리 하르방 참 좋은 사람이었주기. 여편 문제로 다투어 본

적도 없고, 나에게 공치사 한 번도, 궂은소리 한 번도 없었으니 둘이서 티격태격할 틈도 없이 살았지. 구두쇠도 아니었고 마음이 모진 사람도 아니었고, 뚱뚱하지도 떼쟁이도 아니고 어디 가서 퍼 쓰며 낭비하지도 않고 그저 하나 있는 딸을 보살피고 아끼는 일에 열중이었지."

정잇할망은 옛날 생각이 나는 모양인지 한숨 한 번 커피 한 모금 번갈아 가며 말을 잇는다.

한편으로 듣고 보면 정잇할망이 그저 하르방 자랑을 하는 것 같아도, 할망은 혼자 살아가면서 늘 하르방이 생각나고 보고 싶어 하는 마음이었던 걸 느낄 수 있다.

그 뒷날부터, 뜯어 버린 준기네 집 땅에 큰 건물을 짓는 모양이었다. 포클레인과 공사하는 사람들이 왔다 갔다 한다.

"아이고 일구 아주방, 오랜만이네. 모두들 편안했지이?"

"아, 예. 삼촌이로구나양? 그런데 여기에 큰 집을 지으려는 건가요?"

"응. 짓는 김에 사 층 집을 지어서, 아래층은 점포로 빌려주고 이 층과 삼 층은 다가구 주택으로 만들어서 빌려주고 사 층엔 내가 살려고 생각하고 있지."

"아, 그렇구나예. 삼촌, 돈을 많이 벌었네양?"

"호호. 아냐. 잘 아는 오라방이 이 땅과 집을 담보로 은행에서 돈 많이 꿀 수 있게 해 줘서…."

"그렇구나예. 벌면서 잘 갚아야겠네마씀?"

"그렇지. 거의 빚으로 짓는 거지만 주택 임대업이 잘될 때라 금방 갚을 수 있으리라 봐."

"아, 예. 어쨌든 보람 나게 잘하십시오."

어느 날 집을 나서는 일구가 보이자 준기 각시가 먼저 인사를 해 와
서 주고받는 말들이다.

그 여편 삼촌이 쉰 살은 넘었을 것 같은데 십 년은 더 젊어 보였다.
화장을 짙게 해서인지 시집 안 간 노처녀라고 해도 될 듯했다.

거멓고 비싼 자가용을 몰고 사뭇 고급스런 아주머니 티를 내며 다
니는 것이다.

그런데, 큰 집이 거의 완성돼 가고 비싼 전세금을 받아도 임대가 벌
서 끝났다는 소문이 나는 가운데 그 여편 삼촌이 병원에 입원하였다
는 것이다.

"살지 못하겠더라고. 응급실 멀리서 봤는데, 그 병원 간호원이 나오
면서 제초제 냄새가 아주 심하게 난다고 하는 말을 들을 수 있더군."

동네 어른 한 사람이 그 병원에 볼일이 있어서 갔다가 그 모습들을
보고 와서 하는 말이었다.

일구는 생각했다.

"히아신스 향이 나야 할 텐데, 제초제 냄새라고? …."

후에 일구가 들은 내용은, 준기 각시가 사리분별 없이 큰돈을 대출
받고 그 집이 다 지어질 무렵, 거기에 입주하는 사람들에게 미리 받은
전세금이 칠억 원인가 되었는데, 집 빌려주는 일과 전세금이 든 통장
관리를 자기가 믿어 온 그 남자에게 맡겼다가 어느 날 그놈이 모두 삼

키고 행불이 돼 버린 모양이었고 그 사달이 난 것이다. 그 여편 삼촌은 한 푼도 손에 남은 게 없이 길바닥에 나앉게 되니 약을 먹어 버린 모양이었다.

　그러나저러나, 일구는 마음이 편치 못하면서도, 오며 가며 그 집에 새로 들어와 사는 모르는 사람들을 보며 지나다니게 되었다.

12. 중년, 십년바이러스 탄생

세월이 흘러갔다.

보통 사람 일구도 어느덧 사십대 후반이다.

어느 날,

두모악라디오방송 저녁 뉴스입니다.

'국립영주대학교부설 생명공학연구소'에 따르면, 심장에 인공바이러스를 담아서 사람들 평균 수명도 지금보다 십년쯤 더 늘릴 수 있을 것 같다 합니다.

보통 25개월쯤 사는 쥐가 수명이 다 될 즈음에 심장을 활성화시키는 미생물 바이러스를 만들어 심장에다 주입했더니 약 10%쯤 수명이 길어졌다는 연구결과입니다. 그 바이러스에 건전지 같은 유효시간이 들어가 있는 건, 여러 번 실험한 결과 심장이 견디면서 받을 만큼의 힘만 들이밀어야지 더 오래가도록 욕심을 내서 더 강하게 담아 넣으니 그 바이러스를 이겨 내지 못한 심장은 심하게 박동하다가 견디지 못하고 멈춰 버리더란 연구결과입니다.'

그 뉴스를 더 구체적으로 설명하면, 이 년쯤 사는 종류의 쥐를 가지고 실험을 했는데, 한 어미의 배에서 태어난 쥐 다섯 마리를 미리 거세하고, 그 쥐들이 서로 의지하고 오순도순 지내며 모든 일에 경쟁과 장난질로 잘 지내다가 2년이 차서 수명이 다 됐는지 활동도 거의 없이 굼적거리다가 그저 구석으로만 비실비실 움직여 가니까, 두 마리는 그냥 놔두고 두 마리에게 건전지의 시간 수명처럼 70~80일분 정도의 바이러스를, 한 마리에겐 100일분 넘은 바이러스를 주입해 두니까 100일분 넘은 걸 받은 쥐는 심장 박동 소리가 들릴 만큼 못 견딘 모양인지 이리저리 비틀대며 넘어지다가 심장이 멈추며 죽어 버렸고 아무것도 투약 안 한 쥐 둘은 구석에서 숨만 볼록거리다가 사흘 뒤 수명이 다 되어 죽었는데 70~80일분 정도의 바이러스를 받은 쥐들은 싱싱한 상태로 재빠르게 움직이며 두 달 반을 더 살았답니다.

그 바이러스는 피를 가진 모든 목숨들에게 들어가면 혈관을 통해서 꼭 심장으로 들어가 붙어살면서 그 심장이 타고난 기본 수명에 10% 정도가 더 연장될 가능성이 있는데, 사람에게 도움이 되도록 더 정확한 연구를 할 계획이라며 그 바이러스는 일부러 사람의 혈관 속으로 주입하지 않으면 사람들 간에 옮겨지진 않는답니다.

"허 참, 오래 살다 보니 더 오래 살 수 있게 됐네이."

"늙으면 죽어야지. 쓸데없이 나이만 길어지면 자식들에게 짐이나 되지게. 사람답게 못 살 나이에 목숨만 연장한다고 무슨 보람이 있겠어. 모르지. 누군가가 무한봉양을 해 준다면 혹 모를까…."

"하이고, 저 어른 말은 그럴듯하지만 때가 되어 꼼짝없이 자리에 눕게 되면, 서러워하며 더 살고 싶어 하지 않을 건가마씀?"

"글쎄 그건 나도 잘 모르지. 그나저나 참 좋은 세상이네이."

"그래도 사람이 그 바이러스를 맞고 혹시라도 잘못되면 그것도 큰일이 아닌가마씀?"

"에이, 그 정도야 다 연구하고 준비해서 써먹겠지."

그 뉴스를 접한 사람들 모두 한마디씩 말을 꺼내며 걱정들도 더러 있었지만 그 뉴스를 좋아하는 사람들이 더 많았다.

생명공학연구소 연구실에서 근무하는 예쁘장한 여직원 둘이 자동차 하나로 퇴근을 한다. 가을이 돼서 서늘해지고 가을꽃들도 여기저기 눈 밝히며 많이 피어 있는 따스한 금요일이다.

퇴근길 주변엔 농사를 하는 밭들도 많고 길옆엔 드문드문 꽃밭들도 있다. 그 여직원들은 내일이 휴일이니 한가하고 편안한 마음으로 집으로들 가는데 길가에 있는 널따란 꽃밭이 가득 심어진 코스모스를 활짝 피워 놓고 지나가는 사람들에게 손을 흔들어 준다. 그 옆 낮은 돌담을 건넌 밭에는 메밀꽃이 눈 덮인 들 모양 하얗게 피어 밀물 가득한 바닷물처럼 넘실거리며 춤을 춘다.

"히야, 저거 너무 곱다이?"

"글쎄, 우리 저기 가서 사진이나 한번 찍을까?"

하면서 둘이는 길가에다 차를 세워 놓고 내린 후 한 여직원이 휴대폰을 꺼내려고 가방을 여는 순간,

"아이구머니나!"

"왜?"

"저, 저 저 쥐 봐 봐."

쥐 한 마리가 그 여직원 가방 속에 있다가 바깥으로 떨어지면서 구석으로 달아나는 것이었다.

"저거 어떻게 된 쥐지?"

"글쎄 말야. 아마도 우리 연구소 쥐가 내 가방 속으로 숨어들었던 것 같애. 어떡하지? 아이고, 큰일이 났네….."

그 쥐는 코스모스 꽃밭을 지나 밭담 구멍으로 해서 그 옆 넓은 메밀밭으로 재빠르게 달아났다.

여직원 둘이서 한참을 걱정하며 불안해하다가 연구소 당직실로 신고를 했다.

"거 어쩔 수 없겠군. 그렇다고 지금 사람들 동원했다고 그 쥐를 잡을 수도 없고, 내일 연구소장님에게 보고하고 대책을 세울 수밖에….."

그렇게 해서, 뒷날 연구소에서 확인을 했더니, 그 달아난 쥐는 실험

쥐들 중에 70~80일분 연장기능이 있는 바이러스를 투약하고 관찰 중인 쥐 하나임이 확인되었지만 가끔씩 실험 쥐들이 달아나는 경우가 있던 터라 그리 큰일이 아니라며 그 상황을 넘겨 버렸다.

그 메밀밭은 대여섯 마지기 밭인데, 꽃향기가 강한 메밀꽃이 한창 피어 있고 메밀이 빽빽하게 심어져 밭 주인도 주의문구를 세워서 그 안으로 못 들어가게 해 놨으니 사람들이 그 밭으로는 들어가지 못하고 밭 밖에서 구경이나 하며 사진이나 찍을 정도였다.
어느 날, 맑은 하늘 아래 한낮쯤이다.
쥐 한 마리가 빽빽한 메밀밭 틈을 재빠르게 기어 다니는데 멀리서 엎드린 채 가만가만 엿보던 들고양이 하나가 쥐를 향해 날렵하게 달려들었다.
그 쥐는 겁결에 급히 이리저리 피하며 달아나고 고양이는 쥐를 잡으려고 메밀밭을 마구 흩트리면서 달려드는데, 메밀 묘종이 아주 촘촘하게 심어져 있어서 고양이도 그 쥐를 잡기가 보통 어려운 일이 아니었다. 한참을 그렇게 쫓고 쫓기다가 쥐가 밭에서 쫓겨나며 뒤가 막힌 밭 구석 풀과 가시덤불이 우거진 틈으로 들자마자 고양이가 바로 눈앞까지 왔다. 고양이가 쥐를 잡으려고 앞발을 내밀면 뒷걸음질 치던 쥐도 엉겁결에 입을 벌려 이를 보이며 죽자 살자 덤벼들었다. 그래도 아무리 한들 쥐인데 고양이를 이길 수가 없는 것. 잠시 저항하던 쥐는 꼼짝없이 잡혀서 기어이 고양이 발톱에 찢겨지며 내장이 흘러나오고 피가 땅을 적시는데 고양이는 그걸 핥고 뜯으며 먹는다.

고양이 주둥이에 벌 하나가 날아와 침을 쏘았다. 고양이가 멈칫 놀라는 사이 또 한 마리가 쏘았다. 말벌들 중 몸집이 비교적 작은 소왕벌들이었다.

가시덤불 속에 큰 소왕벌집이 있었고 거기에 붙어 있던 소왕벌 스무 남은 마리가 달려들어 고양이의 입과 내장이 나온 채 찢겨진 쥐의 몸뚱이를 마구 쏘았다. 벌들은 일부러 건드리지 않으면 비교적 먼저 공격을 하지 않는 편인데, 고양이와 쥐가 몸부림치며 벌집을 들쑤시며 휘저어 놓고 이리저리 뒤집어 난장판을 만들었으니 벌들이 공격을 당한 걸로 생각해서 덤벼드는 것이다. 벌은 한 마리가 침을 쏘기 시작하면 단체로 공격하는 습성이 있다.

그런 일이 일어난 후에 메밀밭은 잠잠해졌고 달아난 고양이는 소식 없이 사라졌지만 죽었는지 살았는지는 아무도 모른다.

서서히 깊어 가는 가을. 나뭇잎들 표정이 울긋불긋해지는 어느 날. 바람도 없이 포근한 날이다.

사람들은 산과 들로 야유회를 나섰다. 단풍도 보고 걷기도 하였다.

오라동 연합청년회에서도 오랜만에 단합대회 나들이로 오라목장 들로 나왔다. 술과 맛있는 음식들은 속이 출출한 청년들을 만족하게 만들어 가고 여유가 생긴 그들은 한곳에 모여, 나서기 좋아하는 사람과 얌전하다가도 재치 있게 우스개를 잘하는 몇몇 청년들 이야기와 춤과 노래로 깔깔거리며 즐기고 있는데 한 사람이 말했다.

"아이고 이거 뭐지? 이 벌 봐라. 날 쏘았네. 아이, 아프다게."

다른 한 사람도 말했다.

"어, 나도 쏘였다. 웅웅거리는 이 벌들 보라게."

보니, 여러 마리 소왕벌들이 헬리콥터처럼 주변을 날아다닌다.

"안 되겠다. 얼른 고개들 숙이고 저리로 달아나야겠다."

청년들은 이것저것 재빠르게 모아들고 멀리로 달아났다.

그래도 아까 거기서 네 사람이 벌에 쏘여 그 상처를 어루만지며 오줌을 바르기도 하고 쑥을 뜯어다 돌로 빻아 비비기도 하며 한동안 소란스러웠다.

이때까지도 '십년병 바이러스'라는 말은 세상에 없었고, 시간이 '십년병'을 업은 채 자기 갈 길을 째깍째깍 갈 뿐이었다.

"요즘은 산이나 들에 다닐 때 벌을 조심해야 한다더라."

"글쎄요. 벌들이 날이 갈수록 더 독해지고 있다 하더라구요."

"벌들은 독이 막 강해지면 그 독을 어딘가에 쏘아 버리고 싶은가 봐이?"

"그런다네요."

"그런데, 꿀벌은 한 번 침을 쏘아 버리고 나면 죽어 버리지만 소왕벌은 '쏘옥' 하고 침을 쏘고 나서 다시 자기의 몸속으로 침을 디밀어 놓으니 몇 번이고 그 침을 쓸 수 있덴마씀."

"네. 그리고, 죽자 살자 일만 하는 꿀벌들은 모두 암컷들인데 수컷들은 일도 안하고 집에서 볼썽사납게 한가로이 지내면서 꾸물꾸물 기어 다니다 밉살스럽게 그저 먹을 것만 축내느라 분한 마음을 못 이기는 일벌들에게 자주 물리고 쏘이며 집 바깥으로 쫓겨난 후에, 그 수컷들은 여기저기 떠돌아다니다 늙어 죽기도 하고 젊은 수컷은 벌집과 가까운 나뭇가지에라도 매달려 허둥대고 있으면 여왕벌이 그 수컷을 품어 주는 모양이더군요. 그러고 나서 여왕벌이 많은 알을 낳는대요."

"벌들은 보통 봄과 여름에 여왕벌이 알을 낳고 이엄이엄하며 번식하는데 늦여름과 초가을에 독이 매우 강해진다네."

"꿈 해몽하는 책을 보니까요. 벌에 쏘여 자기 몸에 독이 돌아다니는 꿈은 흉몽이구요 그 벌에 쏘여 죽는 꿈은 길몽이라고 돼 있더군요. 후후. 왜 그런가 하면, 꿈속에서의 죽음은 플러스라네요. 꿈속에서 죽는 게 현실에선 '재생'을 말하는 것이며 거기다가 '재물운'까지 따라온다고 되어 있더군요. 하하하."

"에이. 어지러운 소리 말아게. 이야기꾼들이 다 만들어 놓은 말들이겠지."

이렇게, 사람들은 벌을 조심하여야 한다며 벌에 대해 아는 이야기들을 주고받는 일이 빈번해졌다.

아닌게 아니라, 소왕벌들이 들을 헤매며 더 날래지고 건드리지 않아도 사람들을 쏘는 사고가 전보다 훨씬 많아졌다. 여름 장마가 들 즈음에 독이 아주 오른 벌침독은 독사뱀만큼이나 강하다 하고 이따금 그 벌에 쏘여 죽는 사람들도 생기곤 했다.

그 대신, 사람도 그 벌들에게 앙갚음을 하는 일이 있다. 그 종류의 벌들 가운데 왕벌이라 칭하는 큰 말벌집은 사람에게 좋은 약으로 쓰인다 하며 붙어 있는 벌들을 쫓아 두고 그 벌집을 뜯어다가 약용으로 먹는 일이다. 이러쿵저러쿵하는 사람들 말을 들어 보면, 그 말벌집은 나무에 붙은 것도 있고 돌더미 틈이나 높은 담장에도 있고 바위틈이나 풀 속과 땅속에도 있는데 약효가 제일 좋은 건 오래된 무덤 속에 있는 것이라는 별한 말도 있다.

　그러나저러나, 벌에 쏘이는 사고가 많이 생겨가니 중앙정부에서까지 '벌 예방수칙'을 만들어서 사람들에게 주의를 시킨다.

> 산이나 들에 다닐 땐, 어두운 색보다 밝은 색 옷이나 모자를 입고 쓰는 게 좋고 한눈팔며 심드렁하게 다니지 말고 주변을 늘 살펴야 하며 긴 바지와 긴 소매로 된 옷을 꼭 입고 향수나 달콤한 향기가 나는 음식을 가져다니지 말고 반짝거리는 장신구를 몸에 차서 다니지 않는 게 좋다.
> 벌이 보이거나 덤벼들 때, 벌에게 겁을 주려고 손이나 어떤 물건을 휘두르면 벌이 더 덤벼들기 때문에 모른 척 자세를 낮춰 가까운 집 속으로나 먼 곳으로 피해야 하며 벌집을 잘못 건드렸으면 벌들이 달려들기 전에 굼뜨게 움직이지 말고 30미터 이상 재빠르게 달아나야 한다.
> 다니다가 벌떼를 만나게 되면 무조건 재빠르게 달아나지 말고 낮은 자세로 비교적 멀리 피해야 한다. 벌침에 쏘였거든 조금도 지체 없이 곧장 병원이나 약국으로 가야 한다.

이런 수칙들을 잘 지켜야 벌로부터의 피해를 줄일 수 있다는 것이다.

추석 명절에 옛 조상님들이 찾아와서 "여태 벌초도 하지 않으면서 뭣들 하는 건고?" 하며 큰소리로 꾸짖을까 봐, 가을이 돼 가면 추석 전에 조상묘를 깨끗이 벌초할 생각에 자손들은 잔뜩 신경이 쓰인다. 당부모 산소야 형제들끼리 하지만 그 윗대의 조상님들 묘는 가까운 친족들이 모여들어 벌초를 하는데 그걸 '모둠소분'이라 한다.

예부터 조상숭배 방법의 하나로 제주 돌아섬에 내려오는 전통문화다.

이때는 고향을 떠나 육지로 건너가 사는 자손들도 섬에 잠시 내려와 형제들과 친족들을 만나기도 하고 조상묘 벌초도 함께한다.

화장문화가 발달해 매장하는 경우가 차츰 없어져 가고 있긴 하지만 이미 전부터 모셔 오는 윗대 조상님들 산소는 모두 벌초를 해야 한다.

음력 팔월 초하루.

쉰 중반에 든 일구는 언제나처럼 봉아름에 있는 선묘들을 벌초하는 모둠소분에 참석했다. 양력으론 구월이 들어도 제법 더운 날이다. 별나게 산담이 큰 고조하르바님 산소를 땀 뻘뻘 흘리며 소분을 마친 후, 가져온 제물 음식들을 산소 앞에다 올리고 간단한 제례를 지내야 일이 끝나는 거다.

"일구야, 너 이젠 부장으로 승진하였으니 더 어른스러워져야 하겠구나이?"

"하하하. 성님, 내가 언제 아이스러운 것처럼 보였나요?"

팔촌형 만구와 모둠소분을 가서 벌초를 하다가, 둘이서만 이 고조 하르바님 산소를 나눠 맡은 것이다.

그런데, 고조하르바지 산소 북측 산담 안쪽에는 무성한 억새풀이 항상 돋아 있는데 그 틈새에다 소왕벌들이 꼭 집을 짓고 산다. 그래서 벌초를 시작하기 전에 마른 나뭇가지와 솔잎들을 주워다가 우선 먼저 그 억새풀에 불을 붙여 연기를 피우면서 거기에 붙어있는 소왕벌들을 쫓아내고 남은 벌집을 떼어다 먼 곳으로 던져 버린 후에 벌초를 시작하는 곳이다.

그날도 거기 있는 소왕벌들을 쫓아내 두고 벌초를 마쳐 간단한 제물을 올려놓고 산소에다 절을 할 때였다.

일구의 등이 갑자기 따끔하게 아팠다.

"아이고 이거 뭔고양?"

일구가 옆으로 고개를 돌려서 보는 순간 소왕벌 하나가 일구와 같이 절을 하던 팔촌형 만구의 얼굴에도 달라붙으며 침을 쏘았다.

"아이쿠, 굉장히 아프다원."

만구 형이 얼굴에 붙어 있는 소왕벌을 손바닥으로 쳐서 떨어뜨려 놓고 발로 비벼 버리고 나서 얼굴을 만진다. 일구와 만구는 벌에 쏘인 곳이 따끔거리며 아파 얼굴을 찡그리며 쏘인 곳을 마사지하는데 만구의 얼굴이 벌겋게 붓기 시작한다.

시내에 사는 만구 형은 워낙 머리가 좋아서 중고등학교 때부터 전교 일등만 하고 서울에서도 최고로 쳐 주는 일류인 '수도대학'을 졸업하고 대기업에 들어가 근무를 오래 하다 나와서 제주도에 건설회사를 차렸었다. 사업이 한창 승승장구할 땐 이름도 날렸고 큰돈을 벌어 사회봉사도 하면서 장차 정치세계도 꿈을 꾸고 있었다.

그런데 사람 팔자는 모를 일, 어느 날 'IMF외환위기'가 닥치자마자 몇 개월을 못 버티고 순식간에 쫄딱 망하였다. 부도를 막아 보려고 아는 사람들과 친인척들에게 마구 돈을 꾸어 가며 메꿔 봤지만 하청을 주는 큰 회사가 넘어지고 나니 만구네 회사도 남기는 것 하나 없이 말 그대로 쫄딱 망하는 데는 어쩔 도리가 없었다.

만구는 낡은 텔레비전 하나 없이 길에다 나앉게 되었다. 그래도 견디기 힘든 백봄을 다 견뎌 내고, 늦게 얻은 딸 하나를 데리고 아내와 친척집에 들어가 월세살이로 배를 채워 가며 갖은 어려움과 별별 막노동을 마다 않고 살아가기 시작했다. 아내도 식당일을 나가면서 한 푼이라도 모아 보려 단잠 한 번 없이 고생하면서도, 자식을 못 낳다가 늦게 얻은 외동딸을 무척 아꼈다. 그리고 딴 사람들이 별별 말로 비위를 건드려도 만구네 부부는 가까운 사람들에게 진 빚은 꼭 갚겠다 하면서 최소한으로 먹고사는 돈만 남겨 두고 버는 대로 빚을 갚아 나갔다. 딸의 학비를 제외하곤 만 원짜리 한 장도 헤프게 안 쓰면서 열심히 살았다.

13. 오라동

오라동 마을회관.

올해도 설명절이 지나자, 마을 청년회와 부녀회에서 어르신들을 모셔다 '만수무강하십시오!' 하는 경로잔치를 열었다. 해마다 이즈음에 꼭 하는 일이다.

100근이 넘는 돼지 두 마릴 잡아 놓고 청년들은 아침부터 동네 어르신들을 모셔오고 부녀들은 돼지고기와 내장을 삶고 쌀밥을 짓고 국물 맛이 깊은 모자반국도 큰 솥에다 끓여 놓고 잔치를 한다.

언제고 잔치를 시작할 땐 얌전하고 조용하게 앉아서 정초의 과세 문안 이야기들과 덕담으로 시작되는데 오후가 돼 가면 술들도 얼근하게 들어가고 창가하는 아지방 아주망들이 나서서 치는 장구와 가락으로 흥을 돋운다. 이때는 모두 앞에 나와서 서툰 춤이라도 춰 주고 어울리며 함께 놀아 주는 게 잔치의 별미다.

일구 어멍은 목청이 좋아서 경로잔치 때마다 앞에 나와 민요타령을 잘했었는데 그 어멍을 대물림한 건지 일구도 장구를 들고 두드리며 제법 타령을 잘한다. 그리고 일구는 어머니가 돌아가신 후엔, 어머니 생각으로 이 경로잔치에 더 열심히 다녔다.

그런데, 니나노 창가하며 오래 놀다 보면 술에 취해 꼭 안 좋은 일이 생긴다.

평상시에는 누구에게나 심드렁하게 대하면서 히죽히죽 잘 웃기도 하다가 술이 취하면 동네 한 바퀴를 돌며 술주정을 하는 서쪽 마을 '필추'. 오늘도 마실 만큼 마신 모양이다. 앞에 나서더니 배운 춤처럼 조심조심 창부타령에 맞춰 그럴듯하게 발을 앞뒤로 옮기며 추다가, 술상 앞에 다시 들어앉아 벌컥벌컥 마시더니만 때가 된 모양이다.

앞에 앉은 춘식이 넛하르방에게 성나서 불끈불끈하는 소리로 말했다.

"왜 어제저녁에는 내가 꾸벅하며 인사를 해도 그렇게 나무라는 말만 했습니까?"

"아이고, 무슨 말이고게? 이 사람, 가는 귀가 막혔나? 어제 저녁 네가 인사하길래 '그래, 어디 좋은 곳에 가는구나.' 하며 네 인사를 잘 받아 주지 않더냐게."

필추가 얼굴빛이 붉으락푸르락 화를 내며 말한다.

"어디 그랬습니까? '노는 게 좋은 모양이네. 한량이로고.' 하면서 나무라는 소리를 했잖아마씀?"

"그런 말이 아니여게. 네 마음이 한가하고 편안해 보여서 그저 '좋은 데 가니?' 하는 소리로 말한 걸세."

"아닙니다. 내가 아무리 촌놈이지만 말뜻을 모를 것 같습니까? 삼촌은 항상 야죽거리는 말로 딴 사람을 하시하며 다닌다고 다른 사람들도 말합니다."

이 말 끝엔 춘식이 넛하르방도 벌컥 성을 내며 삿대질을 한다.

"이 자식이 좀 취했다고 잘못을 나에게 뒤집어씌우려고 아무 말이나 함부로 나대고 있구나이. 빌어먹을 놈 같으니라고."

"예? 이 자식이라고요? 하이고, 때가 되서 낼 모레 죽을지도 모르는 하르방이 함부로 욕을 하며 다 꼬부라진 손가락으로 삿대질입니까? 뭐 빌어먹을 놈? 햐, 나 굶어 죽어도 당신한테는 빌어먹지 않겠소."

"뭐가 어째? 참다 참다 보니, 이 자식 정말 못된 놈이로군. 너의 아방이 나보다 위이긴 하다마는 어쩌다 이런 걸 낳았을까. 술이야 아무리 처먹었지만 터진 입이라고 아무에게나 그렇게 막말을 해대다니, 못 배운 새끼가 그런다는데, 너 같은 건 이 동네에 같이 안 살았으면 좋겠다."

춘식이 넛하르방 큰소리 야단이 차츰 도를 높여 간다.

"이 하르방, 늙다리가 입만 새파랗게 살아서 개 성질로 호랑이질하는 거 봐라. 그냥 확 죽어 버리지도 않고…."

"이놈이 새끼가?"

"어떡할 겁니까? 마음대로 해 보세요게."

대들던 필추가 앞에 있는 술상을 엎으며 벌떡 일어선다. 춤추며 놀던 사람들까지 놀라며 장구와 타령이 잠잠해진다.

"아이고, 그러지들 마세요. 필추 너 술 많이 취했구나게. 어른에게 그렇게 하는 게 아니다."

갑장인 일구가 욕하는 척하며 필추를 한편 구석으로 끌고 가 버린다. 그리고 잠시 후엔 다시 장구가 신나게 두드려지며 창가도 나오기 시작한다.

한라산에서 오라동을 지나 제주시 앞바다 용소 쪽으로 흐르는 한천이 있다. 아마도 이 '한천'이 제주섬에서는 제일 큰 내일 것이다.

한라산에서 북쪽으로 흘러내리는 물길이 여럿이지만 그중 하나는 백록담 아래 탐라계곡에서부터 내려오고 하나는 열안지오름 동쪽 편 계곡으로 내려오다가 두 개의 물줄기가 방선문에서 서로 만난다.

요즘은 농사용이니 뭐니 하면서들 한라산 주변을 돌아가며 지하수 물구멍들을 마구 뚫어놓으니 내가 터져도 이틀 정도면 다 말라 버리지만, 1970년대까지는 큰 비 후에 내가 터지면 보름쯤은 물이 고이고 흐르니까 그 냇가에서 사람들이 헤엄도 치고 빨래도 하고 즐기며 놀기도 하였다. 그때는 내에 있는 바위틈이나 바닥에 있는 돌 틈에 집게 발 털이 무성한 산게들이 많이 서식을 했고 개구리들 세상인, 이른바 정말 청정지역이었다.

그래도 아직까지 기암절벽과 바위들이 우뚝우뚝 서 있으면서 좋은 풍광을 펴놓은 곳으로, 설문대할망모자가 있는 고지교부터 방선문까지 한천 가에 있는 수풀로 걸어가는 '오라올레'는 오라동 사람들이 정성들여 만들어 놓은 길이고 여기저기 특히 육지 사람들도 소문을 듣고 많이 찾아오는 곳이다.

이 오라올레가 끝나는 방선문은 말 그대로 '신선이 찾아오는 문'이라는 뜻이며 큰 바위 가운데가 출입문처럼 구멍이 나 있다. 이 방선문 주변을 '영주십경'의 하나인 '영구춘화'라 불렀던 곳인데, 옛날 이 방선문 주변에 참꽃들이 만발하게 핀 풍광이 바로 '영구춘화'인 것이다. 예부터 목사나 여러 벼슬아치들과 시인 묵객들이 여기를 찾아와서 시를 읊고 풍류를 즐기며 놀았던 '마애'들이 제주섬 어느 명소보다 지금도 가장 많이 남아 있는 곳이다. 아직도 방선문 주변엔 웅장한 바위들과 풍광이 옛 모습을 일부 유지하고 있다.

오라동 사람들은 이 방선문의 옛 모습을 복원하고 지켜 나가고자 참꽃을 식재하고 가꾸기도 하며 해마다 '방선문축제'를 통해 널리 알리곤 한다. 축제는 양력 오월에 열리는데, 그날은 올망졸망한 아이들까지 많이 와서 웃음소리로 떠들썩거리며 숨겨 놓은 보물도 찾고 백일장과 준비된 선물 제비뽑기도 한다. 이 축제엔 관광객들과 제주도민들이 모여들어 여러 공연에 어우러지며 축제를 함께 즐기곤 한다.

이 '영구춘화'가 봄날 방선문과 그 옆 사방팔방으로 흐드러지게 피어나는 참꽃 풍경이었지만, 꼭 그때가 아니라 아무 계절이고 간에 경치가 좋아서 사람들이 많이 다녀가는 곳이다.

이 한천에서 친구들과 함께 개구리 잡기와 게 잡기와 주변에 달리는 여러 가지 열매들을 따 먹으며 커 온 일구의 마음속 동심엔 이 한천에 대한 추억이 많고 많다. 소를 몰고 목장에 갈 때는 소들에게 이 냇물을 먹도록 했고 자신이 목마를 때에도 냇바위 웅덩이에 고인 물을 엎드려 빨아먹고….

추석명절 갓 넘은 어느 가을 방선문. 새벽에 비가 조금 내렸지만 아침이 되니 구름이 걷히고 하늘이 말갛다.

미리 준비한 오라동 주민들이 이 방선문으로 놀러 나왔다. 동네 사람들 간 단합대회도 하는 가을 소풍인 거다. 마을 청년회와 부녀회가 앞장서서 먹을 것들과 놀 것들을 모두 준비하고 노인들까지 모시고 나온 것이다.

"히야, 꽃은 없어도 울긋불긋 변해가는 나뭇잎들과 저 기암절벽들이 참 보기가 좋다이?"

"맞아. 보기만 해도 마음이 울긋불긋 설레는군."

"저 엄청나게 큰 바위만 봐도 힘이 탄탄해지는 것 같다게."

"너도 여기 온 김에 저 방선문 앞에 가서 신선님에게 소원이나 하나 빌어 뒈. 탄탄하게 소원이 성취되도록 하하하."

"그럴까? 온 김에 잘못한 일들 고백이나 해야겠네. 용서하시고 저를 잘 도와주십사 하고. 하하하."

몇몇끼리 이런저런 말들과 장난꾸러기 짓도 하는 가운데 어떤 이가 투덜거리며 말한다.

"돌들이 왜 이리 미끄러운고? 조심해야겠네."

"어르신님들, 새벽 비에 여기가 좀 미끄러우니 조심들 하세요. 그리고 여러분, 우리 이 방선문 주변을 대충 보았으니 저 위 잔디밭에 가서 재미있게 놀기로 합시다."

청년회장이 큰 목청으로 하는 말에 다들 동의하는 듯 말한다.

"그렇게 합시다."

"좋습니다."

마을 사람들은 대답과 동시에 냇가 위에 있는 잔디밭으로 하나둘 올라가기 시작했다.

이 방선문 주변은 언제 보아도 신선이 와서 지낼 듯 웅장하고 아늑하다.

일구는 내 가운데 있는, 꼭대기가 평평하게 생긴 큰 바위 하나를 만져 본다. 옛날 아주 젊은 시절에 그 바위 위에 올라가 바람을 쏘이며 늘어지게 드러누워 파란 하늘을 바라보며 유행가를 흥얼거리던 생각이 난다.

"후후. 그게 언제였던가. 내 나이 이제 쉰여덟. 에구, 난 어떻게 살아왔는지 모르겠군. 그래도 이 바위는 그때나 지금이나 똑같다이…. 벌써 사십여 년이 다 되어 가는군. 세월이 빠르기도원…."

왁자지껄하는 사람들 틈에서도 일구는 혼자 떨어진 채 방선문을 바라본다. 머릿속엔 옛날들이 주마등처럼 지나간다.

"에구, 그나저나, 남부끄럽지 않게 살면서 각시와 아이들이 건강하고 편안하기만 하면 됐지. 후후 맞다. 내가 나중에 죽을 때가 되어도 고통 없이 조용히 죽을 수만 있으면 좋겠다."

잔디밭으로 올라온 사람들은 마음이 들떴다.

"아아 으악새 슬피 우니 가을인가요. 지나친 그 세월이 나를 울립니다."

마을 안 큰길에서 윗동네 동쪽동네 서쪽동네로 나누고 노래를 제법 잘한다는 대표 두 명씩 솜씨를 견줄 때, 일구도 윗동네 대표로 나와서 노래를 불렀다. 일구는 노래를 부르며 감상에 젖었다. 세상이 가을에 덮여 있다. 아까 한 잔 먹은 소주 때문인가. '나도 이제 가을! 떨어질 날이 그리 많지 않구나' 하는 생각과, '으악새'라는 새가 정말 슬피 울며 세상을 떠다니는 것 같다. 보이진 않아도, 지나가 버린 그 세월이 날 울린다. 감정이 물씬하게 번지며 몸뚱이를 흔들어가며 부르다 보니 하마터면 따뜻한 심장이 눈물을 울컥 올릴 것도 같았다.

"으악~ 으악~" 하면서 간주를 맞춰 주던 사람들이 일구 노래가 끝나자 "강일구 명카수여!" 하며 큰 박수를 보낸다.

"쟤는, 노래방에 다니며 돈 깨나 바친 모양이여이?"

"아니야. 쟤도 어멍 재주를 물려받은 모양이라양. 쟤네 어멍이 노래를 참 잘 불렀었주기."

"쟤라는 건 저 일구를 말하는 거마씀?"

"예게, 쟤는 여자들이 좋아하게 생겨서 집에선 걱정이 클 거라양?"

"일구 아주방마씀? 누가 아무리 꼬셔도 끄떡도 않는 돌덩이라 하더라구요. 그리고 지금은 어멍 아방이 일찍 돌아가셔서 없어도 저 일구는 대단한 효자였지요. 그러니 걱정하지를 마세요게."

동네 할망들과 아주망들이 일구 뒤에 있으면서 낮은 소리로 수군거리는 말들이다.
"여기요, 삼촌들, 그 뒤에서 무슨 숙덕공론들입니까? 착 달라붙는 오메기떡이라도 만드십니까? 어서 이리로 나오셔서들 함께하세요."
왈가닥 기질이 있다지만 말솜씨가 재치 있는 마을 부녀회장이 할망들을 앞으로 잡아 이끈다.
"오돌 또오오기 저기 저냥 노오오온다. 다아아아알도 바아아아알고 내가 머리로 가아알까나."
동쪽 마을 대표로 나온 부녀회장이 부르는 '오돌또기'에 맞춰 앞에 나온 할망들과 함께 어울려 일구와 구레나룻이 나고 성격이 걸걸한 서쪽 마을 '상주'도 민요춤을 그럴듯하게 춘다.

그런데 갑자기, 앞에 나와 들썩들썩 춤을 추던 '상주'가 가슴과 명치를 양팔로 안더니 힘없이 허물어지며 천천히 앉은 다음 털썩 엎어진다.
"아니 이거 무슨 일인고게?"
"술이 취해서 그건가?"
"야, 상주야 왜그래?"

"아이고, 상주가 급병이 든 모양인게마씀. 빨리 119를 불러야겠다예."

상주는 일구보다 대여섯 살 아래다.

일구가 쓰러진 상주에게 달려가 등허리를 받치며 일으켜 세우려 해도 맥없이 허물어지려고만 했다. 늘어진 채로 숨도 쉬지 않는다. 서툰 솜씨로 상주의 가슴을 손으로 누르며 심장을 살려 보려고 애썼지만 꼼짝도 없이 축 늘어진 채다. 손목에 맥을 짚어 보고 심장에 귀를 대어 봐도 아무런 움직임이 없었다.

119가 와서 청년회장과 함께 상주를 실어가고, 나머지 사람들은 갑자기 일어난 일에 소풍 나온 흥이 모두 사라졌고 걱정이 되어도 소쿠리에 준비해 온 음식이 변할까 싶어 대충 먹고서 집으로들 돌아왔다.

그런데, 저물녘 '애앵애앵' 하는 119 차가 다시 동네에 들어왔다. 상주 나이 또래의 키는 작지만 옹골차게 단단한 서쪽 마을 '진수'가 집에서 세수를 한 후 세숫대야에 발을 담그고 앉아 어정쩡한 하품을 하며 "끅, 끅." 하니까, 너무 많이 먹어서 트림을 하는가 보다 했는데 갑자기 세워 둔 나무토막이 썩어서 쓰러지듯 옆으로 털썩 쓰러진 거였다.

"혹시, 간식으로 먹은 소풍 음식에다 누가 이상한 걸 섞었을까?"

"글쎄 말이지. 근데 다 같이들 먹었는데이…."

마을 사람들은 이런저런 말을 주고받으며 이상하다 했지만, 그날 밤에 이웃 마을에서도 그렇게 쓰러진 사람이 둘이나 있었다.

"아이고, 요번 추석 명절에 정성들이 너무 부족했었던 것 아닌가양?"

"이상하군. 누가 금기를 어긴 몸으로 제를 봐서 동티가 들어 귀신이 화를 내는 게 아닌가?"

　사람들은 이상스럽게도 하루 사이에 젊은 사람 넷이 저세상으로 떠나고 나니 별별 말들이 다 나왔다.

　갑자기 죽은 사람들을 부검해 보니 넷 다 똑같이 심장이 마비되고 괴사가 돼 버린 것이었다.

　"이상도 한 일이군."

　"같은 날 똑같은 상태로 네 명이나 죽은 건 무슨 문제가 있는 거여게."

　그제야, 행정기관에서와 학계 등 여러 단체에서 '역학조사'를 시작하였다. 여러 가지 조사를 하던 중 네 사람 공통점이, 비슷한 또래로 청년회 활동을 함께하였다는 것이 나왔다.

　"아, 십 년 전쯤에 오라목장 부근에서 청년회 단합대회를 할 때 소왕벌이 날아들어 그 네 사람이 쏘였주마씀."

　연합청년회 활동을 하였던 사람 하나가 그 옛날 일을 말하니까 의학계에서 모여들어 차근차근 더 조사를 하게 되었다.

　"십 년 전에?"

　"십 년?"

　생명공학 연구관들은 기분이 이상함을 느꼈다.

　"십 년!"

　어느 직원 하나가 '사람심장기능 십 년 연장' 연구 시작과 그 무렵 실험용 쥐 하나를 놓쳐 버린 것과 그때 여직원 가방에 기어들었던 쥐가 어느 메밀밭으로 달아나 버린 것까지 떠오르게 되었고, 아마도 그 쥐가 가지고 있던 바이러스가 어떤 경로로 벌들에게 옮긴 걸로 유추하게 되었다.

그래서 얼마 전 죽은 실험 쥐 하나를 살펴본 결과, 마지막 순간에 '밧데리가 다 떨어진 로봇'처럼 비실비실하며 숨이 끊어지고 괴사가 되는 심장의 모든 형태가 이번에 죽은 사람들과 똑같은 걸 발견하고 나니 분명한 증거가 나오게 된 거다.

"큰일이 났군. 이 연구 바이러스가 생명 연장이 아닌 생명 한계를 짓는 전염성 '십년병'이 돼 버렸구나. 이거 어떻게 해야 좋지…."

생명공학연구소는 정말 벌집을 쑤신 듯 난리가 났고, 며칠 후에는 소왕벌 여러 마리를 잡아 이 사실을 확인까지 하게 되었다. 이 '십년병 바이러스'가 세상을 날아다니는 소왕벌에게 전이된 걸 인정하게 되었고, 십년병 바이러스를 가진 벌침에 쏘이면 그 바이러스가 혈맥을 따라 들어가 사람 심장에 딱 달라붙는 것이었다. 이 사실이 전국 방송을 타고 나라 안 사람들이 모두 알게 되었다.

14. 교도소에 수감된 바이러스

십년병이 세상에 알려지기 직전 영주교도소.

한라산이 가까운 중산간 지경에 있다.

사방이 높은 울담으로 둘러져 있고 바깥에서 안으로 들어가도록 출입이 가능하게 사용 중인 하나뿐인 문으로 들어서면 바로 앞에 보안과가 있고 그 옆 건물에 그리 크지 않은 강당과 의무실이 있다.

그리고 그 안에 감방 건물로 1사, 2사, 3사, 이렇게 큰 건물이 있다. 1사는 아직 형이 확정 안 된 미결수들이 생활하는 곳이고, 2사는 단기수, 3사는 비교적 장기수들이 생활하는 곳이다.

미결수들은 검찰이나 법원에 출정할 때 외에는 바깥으로 나올 경우가 별로 없지만, 기결수들은 평일 낮에 교도소 안에 있는 인쇄공장이나 목공장과 미장기술을 익히는 곳 등 몇 가지 기술을 가르쳐 주는 곳에서 생활을 한다. 이런 밑에서 수형인들이 출소하면 사회에 나가 재생하도록 하는 교정정책의 하나인 것이다.

교도소를 두른 울담 사방 구석마다 교도소 안팎과 주변을 망보는 망동산 같은 네 곳이 우뚝 두드러지게 있는데, 그곳은 하루 24시간 내내 수형인들을 감시하는 역할을 한다. 그리고 그 교도소 울타리 안에 넓진 않아도 일과 중 중간중간 수형인들이 운동하는 운동장도 있다. 수형인들이 운동할 때에도 담당 교도관이 의자 하나에 걸터앉아 감시를 한다.

교도소 바깥에는 감귤농장이 있는데, 거긴 교도소 안과 전혀 다른 바깥세상이라 수형 성적도 좋고 여차하면 달아나 버릴 염려가 없는 수형인들을 뽑아 '경운'한다며 나가서 과원 일들을 하기도 한다. 바깥으로 나가는 하나 있는 문을 나가고 들어올 땐 '검신'이라 하여 소지품 검사를 하게 되는데, 이 수형인들이 어떻게나 머리가 좋은지 별별 방법으로 하지 말라고 하는 담배 같은 걸 반입하다 들켜 압수도 당하고 징벌로 '경운'에서 제외시키기도 하는데 어떤 경우엔 들키지 않으려고 권련 담배를 말아서 항문에 넣고 들어오기도 한다. 그 담배는 징역을 다 마치고 출소한 사람이 감귤농장으로 숨어들어 와 미리 약속한 곳에 감춰 두면 '경운'을 나가는 날은 그걸 숨겨 들어오는 것이다.

하여간 교도소 옥사 안에는 잔꾀가 많고 약은 사람들과 불만으로 가득 차 말썽을 수시로 부리는, 말로 다 설명하지 못하는 수형인들도 있고, 반면에 조용하고 단정하며 얌전하게 생활하는 제대로 된 정직한 수형인들도 있다.

공장별로 교대하며 정해진 시간에 운동을 하거나 2사나 3사별로 인원을 정하고 나와 운동을 할 땐, 살금살금 금지시킨 짓이라도 할까 봐 담당 교도관이 꼭 지켜 서지만 가까운 감시대에서도 살피고 모범 장기수들이 '지도'라 하는 완장을 차서 중요한 길목마다 서서 감시를 도와주기도 한다.

"야, 넌 뭐하는 거냐?"

"이 벌들 봐라. 볕이 따뜻하니까 소왕벌들이 벽에 붙어서 놀고 있잖아."

"그거 조심해야 돼. 함부로 건드리지 마. 쏘이면 굉장히 아프다고…."

한 수형인이 벽에 붙은 벌을 손가락으로 꼼지락꼼지락 건드리는 걸 보고 다른 수형인이 반쯤은 성난 소리로 주의를 준다.

"맞다게. 거, 거, 건드리면 안 돼…."

또 다른 수형인이 더듬는 말로 참여한다.

그런데, 벌을 건드리던 사람이 조심했으면 별일이 없었을 텐데, 그 사람은 벌을 건드리는 게 재미가 있었던지 여러 마리를 자꾸 만지작거렸다.

그러다 벌 하나가 건드리는 사람의 얼굴에 달려들어 침을 쏘았다.

"아이쿠, 벌에 쏘였네."

"거봐라. 멍청이 같은 놈아, 그러니 내가 뭐라 하더냐. 아이고, 나에게도 덤벼드네이."

하나가 침을 쏘기 시작하니까 벌 여러 마리가 '우웅' 하는 날개 소리를 내며 주변에 있는 사람들에게 달라붙었다.

"저 벌들 봐라 큰일이다. 얼른 문을 열고 건물 안으로 들어가라!"

담당 교도관이 소리치며 재촉했지만 벌들은 아무에게나 마구 덤벼들었다. 보니, 교도소 울담을 넘으면서 소왕벌들이 떼를 짓고 날아들어 거기에 있는 사람들만이 아니라 교도소 울타리 안에 사람이 있는 곳은 어디에고 달려들었다. 문이 열어진 방에도 날아 들어가 사정없이 쏘아 대며 사람들 살가죽을 벌겋게 물들였다.

오십여 명 정도가 그 소왕벌에 쏘였고 그중 한 사람은 벌독 때문 위독하여 시내에 있는 병원에 가서 치료를 받고 며칠 후에야 교도소로 돌아오기도 했다.

그런데, 사흘 후 전국방송으로 '십년병 바이러스'가 세상에 발표되었고 중앙정부나 지방정부 모두 비상사태에 들어갔다. 영주교도소에서 일어난 벌 떼 사건으로 그 소왕벌에 쏘인 수형인 서른 명 정도가 '십년병'으로 확진되었고 나라에선 '벌 예방 수칙'을 만들고, 그 벌들에겐 파리를 잡는 에프킬라가 소용없으니 벌 방어용으로 '불총'도 만들었다. 덤벼드는 벌에게 에프킬라를 분사하면 그걸 맞은 벌은 오히려 더 기세 좋게 덤벼들기 때문에, 벌들이 제일 먼저 덤벼드는 얼굴에다 씌우는 모기장 닮은 얼굴 가리개인 복면포도 만들어 쓰고 '불총'은 스프레이식 총인데 그걸 맞은 벌은 까맣게 타서 죽는다. 그렇지만 그게 불이 날 위험이 다분하여 나이 든 어른만 소지하도록 했고 어린이들은 만지지 못하도록 했다.

그리고, 이 십년병에 걸려도 사람이 살아가는 일상엔 아무런 지장이 없다고 발표됐다.

평상시 사람끼리는 전염하지 않고, 아직은 소왕벌들 속에만 있어서 벌에 대한 조심을 크게 강화하면 된다. 하지만 언제고 그 바이러스가 다른 곤충이나 벌레들에게 옮길지도 모르니, 어쨌든 어떤 곤충이나 벌레를 항상 조심해야 한다고 경고하면서 만약에 나쁜 마음으로 이 바이러스를 다른 사람에게 주사하거나 옮기면 최소 10년형 이상의 벌을 줘야 한다는 절차도 밟기 시작했다.

또 한편, 이 십년병에 확진된 사람을 가까이 안 하려 기피하는 경우가 있을 테니 나라에서 십년병 확진자들을 국가 책임하에 보호 관리하는 대책도 마련 중이라 하였다. 그러나저러나 산이나 들에서 일하는 사람들은 늘 불안한 조바심에 바짝 긴장하며 생활을 해야만 했다.

어느 날.

"일구야, 뉴스 들었니? 십년병 바이러스 뉴스."

만구의 전화였다.

"예. 나도 들었어요. 성님과 고조하르바지 산소 벌초 때 생각이 납디다. 설마 우리가 쏘인 벌이? …."

"맞아게. 나도 그래서 전화를 했지. 그때가 언제쯤이었지?"

"재재작년이 맞죠? 산소에다 절을 하는 중에 소왕벌에 쏘인 때가."

"맞다. 혹시 모르니까 검사를 받아 볼까?"

"예. 내일 같이 가 보게마씀."

일구와 만구는 뒷날 보건소를 찾았다.

의사 선생은 나이가 꽤 많은 여자였다. 심전도 검사와 여러 가지 심장질환 검사를 마치고 초음파 검사와 혈액검사 따위를 오래 하였다.

"아, 안타깝습니다. 십년병 바이러스가 들어앉았군요. 그래도 한참 치료제 개발을 하는 중이니 너무 실망하지 마시고 마음 편하게 지내십시오. 무슨 일이든 지금처럼 생활하며 살아도 됩니다."

의사 선생의 확진 판정을 듣는 순간 둘이는 정신이 아뜩했다.

"십년병에 걸리다니…."

"그러면, 목숨이 이제 딱 칠 년쯤 남은 게 아닌가? 이거 어떡하면 좋지? 큰일났구나게."

둘이는 시무룩한 표정으로 서로의 손을 꼭 잡아 주면서도 뭐가 뭔지 생각할 정신이 없었다.

십년병에 걸려도 어찌할 방법이 없다. 그래도, 병을 치료하는 약도 먹지 않고 살아가는 데는 아무 불편이 없으니 환자가 아닌 것처럼 지금같이 다니며 살다가 때가 되면 죽는 거다. 그래도 마음은 괴롭고 어디론가 숨어 버리고 싶을 것이다. 그렇지 않아도 일구는 직장에서 명예퇴직을 하겠다고 생각할 때였다.

"퇴직하고 살아갈 방법을 생각하자…."

일구는 모든 게 허망하다는 생각이 들어도 희망을 버리고 싶진 않았다.

만구는 하나 있는 외동딸이 정말 안쓰럽다.

"우리 딸 미라! 세상에서 제일 고운 강미라! 휴우~ 불쌍한 것."

"내가 오래 살면서 저 딸을 지키고 쟤가 하고 싶은 걸 다 해 줘야 할 텐데…."

15. 누명과 변명

"강일구 씨! 당신을 살인죄로 체포합니다."

"?"

"아무리 취중이라도 그렇게 무자비할 수가 있습니까?"

"? 그게 무슨 말입니까?"

"당신은 취중에 다투던 사람을 이 폐가에서 식칼로 찔러 죽인 것 아
닙니까? 어떻게 열 번이나 잔인하게 찌를 수 있습니까? 당신 손에 쥐
고 있던 식칼과 당신 옷에 잔뜩 묻은 죽은 사람의 피가 증거물로 보전
되었고, 당신을 현행범으로 연행하고자 하는 중입니다. 그 사람은 구
급차로 병원에 갔지만 이미 몇 시간 전에 사망하였다고 연락이 왔습
니다."

주름살이 제법 많은 형사가 말했다.

일구는 그제야 정신이 번쩍 들었다. 자신이 서 있는 곳이 어딘지 모를 옛날 집 안인 모양이다. 방에서 마루로 통하는 지게문은 거의 삭았고 문빗장과 천정도 기울어져 있고 실내가 많이 그은 폐가인 것도 알 수 있고 자기 자신의 차림새도 말이 아니었다.

어이가 없었다.

"내가 술은 많이 마셨지만 아무리 미쳤다 한들 남을 죽이지는 않았을 텐데…."

누군가 자신을 막 못 견디게 하는 것 같은 느낌에 눈을 뜬 것이다.

"이거 무슨 일인고게…."

자세히 살펴보니, 자신이 입었던 잠바도 벗겨지고 피 묻은 손에는 수갑이 채워진 채 정복 입은 경찰과 사복 입은 남자 둘이서 자신을 일으켜 세우고 걸음을 옮기도록 힘을 쓰고 있었다.

"제 집에다 전화나 한번 하도록 해 주세요. 집에선 잠도 못 자고 걱정하고 있을 텐데…."

"안 됩니다. 당신 휴대폰도 그 죽은 사람과 싸움질할 때 떨어진 모양인지 피 묻은 바닥에 있었고 그것도 증거물로 압수되어 있습니다. 당신 신분을 확인한 지갑은 경찰서에 가서 나중에 돌려드리겠습니다."

눈꺼풀이 축 늘어진 형사가 잘라 말한다.

"아, 미치겠다. 아무 생각도 안 나고 여기가 도대체 어딘지도 모르겠다. 내가 살인을? 말이 안 된다. 뭔가 크게 잘못된 것 같다."

웬일일까를 생각해 보려고 머리를 흔들어 봐도 아무 생각이 안 난다. 탑동 방파제에서 술 한 병 마시고 다시 그 뒷골목에 있는 민속주점에서 네 병쯤 불러 마신 것 같긴 한데….

죽은 남자는 55세 된 육지서 여행 온 사람이었다. 그 사람도 만취 상태였던 모양이다. 일구하고는 일면식도 없는 사람인데 어떻게 해서 싸우게 되었는지 귀신이 곡할 노릇이었다. 그리고 그 식칼은 어디서 들고 나섰는지, 일구는 정말 미칠 것 같았다.

각시와 식구들이 울음바다를 만들다 가고 난 후 경찰서 유치장 구석에 혼자 뒷머리를 손으로 눌러앉은 일구.

꿈을 꾸는 거 같았다. "이건 꿈일 테지." 하면서도 요사이 며칠 동안 일어난 일들이 생각난다.

재작년부터 생각한 것이, 명예퇴직을 한 후에 추억을 먹으며 살지 않고 꿈을 먹으며 살아야지 하는 마음이었는데, 오래 손 놨던 기타도 치고 가슴속에 밀려 둔 시와 소설도 쓰고, 제대로 된 제주어도 공부하고, 사회봉사 활동도 하고… 꿈이 많았었는데, 이 '십년병'이라는 원수 같은 바이러스가 심장 속에 들어앉았으니 엄청 큰 실망이 아닐 수 없었다. 어쨌든 일구는 환자가 되자마자 30년 다닌 직장에서 명예퇴직을 했다. 한솥밥 먹던 직원들이 매우 섭섭해했지만 요즘 직장 풍토도 그렇고 회사와 후배들을 위해서라도 그게 올바른 생각 같았고 우선은 '십년병'을 품은 채 제대로 근무할 자신이 없었다.

퇴직하고 집에 와서 한동안 콕 눌러 박힌 채 지냈다. 미칠 것 같았다. 세상이 완전 뒤집힌 것 같았다.

"내가 왜 십년병에 걸려야 하나…."

며칠을 거의 뜬눈으로 지새웠다. 지나온 일들이 모두 꿈만 같았고 자기 자신이 '강일구'라는 사람 같지 않았다. 사물을 보는 통찰력도 모두 사라지고, 어느 세계에서 헤매다니다가 잘못 굴러들어온 떠돌이 같다.

"뭐라고? 퇴직해도 꿈을 먹으며 살겠다고? 후후. 꿈? 개꿈이로군…."

절망스러운 십년병 앞에서도 그나마 자조적인 희망을 가졌던 자신이 아주 초라하고 밉다.

"차가운 가슴엔 꿈이 없다!" 하면서 입을 헤벌리고 웃는 준기가 떠오른다.

"준기 삼촌도 이 사실을 보고 있겠지. 삼촌! 조금만 기다리세요. 후후후."

눈물이 나왔다. "내가 왜 죽어야 하지?" 속이 터질 것 같고 아무것도 손에 잡히지 않았다. 각시와 주변에서 달래는 소릴 해도 속에 들어오지를 않았다.

오랜만에, 다니던 직장 친구들 만나 보고 싶다고 핑계를 하고 바깥에 나섰던 거다.

늦은 가을, 조금 있으면 초저녁이 될 시간이었다.

고개를 푹 숙이고 걸었다. 벚나무 단풍들이 불그스름하게 물들어 가는 제주시 공설운동장을 지나고 전농로 벚나무길도 지났다. 서문 통과 무근성을 지나며 가게에 들러 술 한 병과 오징어포 하나를 사고, 준기와 가끔 왔던 탑동방파제에 올라섰다. 가까운 바다에서 한 사람 이 탄 떼배 하나 느리게 지나가고 서북풍이 부는 듯 약간 추운 느낌이 지만, 뒤에 있는 길엔 한가롭게 몸을 흔들며 걷는 사람들도 있고 시원 시원하게 걸어가는 사람도 있고 숨이 차게 걷는 사람도 있다. 바다는 밀물로 가득 찼고 먼바다 수평선도 반듯했다. 바다 밑도 선명하게 보 이고 물질을 마친 나이 든 해녀 셋이 갯가에서 망시리에 가득한 해산 물을 풀어내며 정리를 하고 있었다.

조금 있으려니 날이 어둑어둑해지며 바다에 뜬 고깃배들도 하나둘 불을 켜기 시작하는 걸 본 일구는 술병을 까 들고 앉았다. 단숨에 나 팔을 불 듯 반병쯤 들이키니 속이 조금 펴진다.

먼 바다를 물끄러미 쳐다보던 일구는 원망하며 말했다.

"에이 씨발, 내가 왜 죽어야 되지? 따뜻한 가슴이 이처럼 쿵쿵거리 는데…. 이제 아무 일이라도 자신 있게 다 할 수 있을 것 같은데…."

각시도 건강하고 아이들도 다 커서 결혼할 나이가 되었으니 큰 걱 정 없이 죽을 순 있겠지만 정말 죽고 싶진 않다.

사람들을 많이 태운 큰 배가 어느 방향으로 가는지 고동소리를 울 리며 항구를 나선다.

벌컥벌컥, 나머지 반병을 다 마셨다. 취기가 올라왔다. 내 상황이

도대체 뭔지 모르겠다. 내가 누군지 어디서 왔는지 어디로 가야 할지 아무것도 몰랐으면 좋겠다.

갑자기, 가슴에 들어 있던 술 취한 준기가 나타난다.

"삼촌, 어째서 삼촌은 술을 그렇게 자주 마십니까?"

"하하. 일구야, 속상할 때 술을 마시면 있잖아이? 마음이 펴진다게. 유식한 말로 긍정! 세상일들이 다 '그럴 수도 있겠지'로 마음이 풀어지거든. 그러니 난 술이 아니라 긍정을 자주 마시는 거지. 하하하."

맞다. 긍정을 먹자. 긍정을 물리도록 먹어 보자.

물 위에 떠 있는 배들이 모두 불을 켜서 바다에 밤 도시가 펼쳐진 것 같다.

"어디로 가지?"

술집 몇 군데가 생각났지만 탑동 뒤편 골목에 있는 민속주점엘 들어갔다.

두어 시간에 네 병쯤 마셨는가.

"아저씨, 일어나세요. 많이 취하신 모양입니다양?"

술에 취해 옆으로 비스듬히 누워 버린 모양이다.

'바깥으로 나와서 아무 생각 없이 어딘지도 모르고 정신이 몽롱한 채 비틀비틀 걸어 다닌 것 같은데, 사건이 생긴 무근성 폐가 속으로 왜 들어갔을까…. 오줌이 마려웠었나…. 술이 원수다!'

기억을 더듬어 내던 일구는 뒷목을 더 깊이 누른다.

증거물이 충분한 터라, 사람을 죽이지 않았다고 아무리 변호를 해도 아니라는 증거를 내놓을 게 없었다. 기억도 안 나는 살인자로 10년형을 선고받았다. 상호간 심하게 취했고, 십년병을 앓고 있는 피고인이 그날에 생각나는 일들을 처음부터 끝까지 빠짐없이 일관되게 진술하는 것과 사람을 죽인 기억이 정말로 없다는 피고인의 진술도 일관된 걸로 봐서 우발적으로 생긴 사건이라고 인정하며 판결한 10년이었다. 일구는 항소하지 않았다. 재판기간 동안 진술했던 말을 몇 번이나 되풀이했는지 지긋지긋했고 이 허망한 마음으론 항소를 아예 포기하고 싶었던 것이다.

동네에선, "그 사람 보기와 다르게 흉악한 사람이네." 하며 남 말을 흉보기 좋아하는 사람들 입이 빠르게 돌아다녔다.

"내가 얼른 죽어야지."

하면서도 사람들은 어떻게 하면 더 오래 살 수 있을까 하는 욕망이 누구에게나 있다.

어느 날 아침. 바람이 서늘하게 불어오더니 오후가 되니 볕이 쨍쨍거려 약간 더운 날이었다.

마을에서 춘식이 넛하르방과 여든이 넘은 노인네 여남은 명이 오라 목장 열안지오름 편으로 나섰다.

"바람이 불어 모두 날려버리는 거긴 벌집이 없을 거라게."

"벌들도 볕이 잘 들고 바람도 잠잠한 곳에다 집을 지어 살겠지양?"

춘식이 넛하르방도 한마디 한다.

"개똥도 약에 쓸려면 없다 하던데. 그 아무데서나 나타나 침을 쏘아 대는 벌들이 다 어디로 사라졌지?"

"글쎄, 옛날이었으면 올해도 겨울에 먹일 소의 꼴을 준비하러 여길 몇 번 나들면서 어느 쪽에 벌집이 있는가를 알 수 있었을 텐데이…."

키가 제일 작은 하르방이 춘식이 넛하르방의 말끝에 끼어든다.

팔십여 나이가 넘은 하르방들이 이렇게 낮은 소리로 주고받으며 목장길을 돌아다니는 내용은, '십년병'에 쏘여 보려고 들에 나선 거다. 아이러니하게도 소왕벌들 몸속에 들어간 '십년병 바이러스'가 사람에게 들어가면 사람 목숨을 십 년으로 꽉 잠가 버리게 되지만 나이가 많아 수명이 거의 다 되어 가는 노인들에겐 십 년 더 살 수 있는 희망을 주는 것이기도 했다. 그리하여, 마을 노인들이 곰곰이 생각한 끝에 이렇게 나서게 된 거다.

손에 지팡이를 들고 가시덤불이나 나뭇가지들을 툭툭 건드리면서 한참을 헤매며 이리저리 다닌다.

"그러니까, 그 십년병 벌침을 맞으면 틀림없이 심장이 죽지 않고 십 년을 더 산다는 말 아니라이?"

"그러게. 그렇다니까 우리가 이리 나선 거 아닌가마씀."

"나도 몇 해 전에 위암 수술을 받았지만, 그 벌침 맞고 견디면서 한 십 년 더 살 수 있을 건가원…."

"심장이 멈춰지지 않도록 하는 거니 몸은 못 견뎌도 십 년은 더 살 수 있다는 거겠지양….”

오라목장 열안지오름 옆 수풀 앞. 바람에 날려 온 낙엽들이 수북이
모여든 가시덤불 속.

“아, 저기 있다. 보라! 저 큰 벌집에 붙은 소왕벌들! 저것들이 십년
바이러스를 가진 것들인진 모르겠지만….”

춘식이 넛하르방이 앞으로 한 발 더 나서며 지팡이로 벌집을 툭툭
친다. 벌들이 놀라 날개가 들리며 바르르 떤다. 춘식이 넛하르방이 더
크게 벌집을 지팡이로 흔든다.

‘와~앙’

하는 소리와 함께 소왕벌들이 사람들에게 달려든다.

“아이고, 따끔해라. 쏘였네. 아우 아퍼.”

춘식이 넛하르방은 벌에 쏘여 아프면서도 쏘인 얼굴을 만지며 빙긋
이 웃는다.

‘에엥~ 엥’

수십 마리의 소왕벌들이 주변을 비행하며 달려든다. 침을 제일 먼
저 맞은 춘식이 넛하르방은 손으로 얼굴을 막으며 구석으로 가 편안
하게 앉고….

‘왕, 와앙~’

벌들은 더 화가 난 듯 덤벼들고 하르방들도 손을 더 휘저으며 벌들
과 맞선다.

“아고, 나도 쏘였네.”

"난 등에도 팔에도 두 군데나 쏘였네게."

소왕벌에 쏘인 노인들은 그 쏘인 곳을 손으로 만지며 흐뭇해하는 모습이다.

구석에 앉았던 춘식이 넛하르방이 자기 팔에 붙은 소왕벌 하나를 손가락으로 날개를 잡더니, 눈을 두리번거리다가 누가 보이지 않도록 두꺼운 비닐봉지에 넣고 가져온 배낭 속으로 쏘옥 담는다.

마을에서는 난리가 났다. 노인네 열 명이 들에 다녀왔는데 얼굴들이 모두 퉁퉁 부었고 못 견뎌 죽어 가는 소릴 해 가니 구급차를 불러 병원으로 데리고 가서 치료를 받았지만 그중 한 사람은 벌독이 워낙 심하게 퍼지며 그만 사망하기도 했다. 며칠 지나자 나머지 하르방들은 아무렇지도 않게 퇴원을 했고, 원하던 대로 선명하게 십년병 확진을 받았다. 저세상 천길만길 가야 할 시간을 최소한 십 년은 번 것이다.

춘식이 넛하르방은 신이 났는지 눈동자를 이리저리 굴리며 전보다 두드러지게 마을회관에 자주 다니며 "필추나 보이더냐?" 하곤 했다.

어느 날 저녁.

노인당으로도 함께 쓰이는 동네 마을회관에 주민들이 보통 때처럼 모여들어 하르방, 할망, 아주망, 아지방들 끼리끼리 나눠져 화투를 친다. 큰돈 내기도 아니고 백 원짜리와 오백 원짜리 동전 이천 원 정도씩 제 앞에다 놓아 제일 쉽고 간편한 가스치기를 하는 것이다. 아무리 해도 이천 원이나 삼천 원이면 어스름 새별이 뜰 때까지 하루 종일 즐기는 거다.

하다 보면 어느 사이에 술상이 차려진다. 소주와 막걸리에 김치 한 접시 잘게 썰어 놓고 두부 한 모쯤 잘게 잘라 놓은 술상이다. 남자 삼촌들이 한 잔씩 하는 술상이지만 요즘은 아주망이나 할망들도 가끔 한 잔씩은 하는 편이다. 술도 한 잔 얼근하고 화투도 별로인 사람 몇은 이리저리 늘어지게 드러눕기도 하고….

"자기가 돈 많이 땄으니 나도 좀 나눠 주게."

"헤에 나원, 자기는 요전번에 많이 따 놓고도 개평 한 푼 없이 그저 꿀꺽 삼키고 가 버리더니만…."

"아, 그땐 집에 손자가 와 있었기 때문에 일찍 갔지게."

화투 이야기도 하고 술 몇 잔 된 사람들은 어디서 주워들은 실없는 말들과 어지러운 정치세계 이야기도 주고받으며 키득키득 웃음소리가 한창이다.

"어, 필추 아지방 왔구나게."

얼굴이 갸름한 동쪽 마을 대기네 할망이 크게 말하는 소리에 잠시 모두들 잠잠하다.

'필추' 하면, 술주정의 대명사다.

필추는 일구하고 갑장이며 아직 쉰 중후반이니 마을 회관에서는 젊은 사람 쪽에 든다. 성질이 사나우면서 욕심도 많고 젊은 시절 씨름선수도 했던 든직한 몸이다. 사람들은 모두 필추가 생트집이라도 할까 봐서 눈치를 슬슬 본다.

필추는 무슨 재주인지 몰라도 하는 일 없이도 술을 자주 마시는데 술이 안 들어간 날은 제법 얌전하게 보이기도 한다. 그런데 술만 마시게 되면 술 먹은 심부름을 꼭 한다.

"이 잔꾀 부리는 자식, 보이기만 해 봐라. 볼때기를 후려 버리겠다."

혼자 내뱉으며 누구를 욕하고 있는지 아무도 모른다. 동네 좁은 길을 비틀비틀 한 바퀴 돌다가 이 아저씨가 두려운 아이들이 달아나면 필추는 더 기가 살아 팔짱 끼고 말한다.

"야, 내미가 그러더냐? 나에게 손가락질한 그 새끼 이리 데려와! 손가락을 부숴 버릴 테니까…."

하면서 더 큰 목청으로 술주정을 한다.

아마도 누군가 자기에게 조금이라도 궂은소리를 하면 그걸 속에 벼르다가 떠들어 다니는 모양인지, 마을 사람들은 이 술주정뱅이 필추가 멀리서라도 보이면 모른 척 비켜서며 가 버리는 것이 상책이었다.

그 술고래 필추가 오늘도 어디에선가 술을 많이 먹고 비틀비틀하며 마을회관에 들어선 것이다.

"크흑, 삼촌들 하던 대로 그냥 노세요. 내가 잡아먹지 않겠으니. 끄~윽."

그렇게 말해 두고 술상 앞에 가서 앉는다. 여기저기 힐금거리다가 자기대로 술 한 잔 따르고 마신다.

화투도 안 치고 구경하던 춘식이 넛하르방이 노인네답지 않게 눈이 번쩍거린다. 화투 치는 사람들에게 무슨 말인가 하는 척하면서 필추 뒤쪽으로 슬슬 들어앉았다가 조금 지난 후 슬그머니 일어서며 말한다.

"에에, 난 볼일이 있어서 먼저 가야겠네양."

하며, 춘식이 넛하르방은 나이가 든 몇 어른들에게 어색한 기색 없이 고개를 숙이며 인사를 해 두고 나가 버렸다.

"에이, 씨발!"

필추가 혼잣말로 중얼중얼하며 술 한 잔 또 따르고 들이켠다.

'착, 착!'

화투장 치는 소리가 여러 군데서 들린다.

"아이쿠, 비오니 나왔네. 그 똥 찍으라게."

누구인지 들뜬 소리로 말했다.

"아고 이거 뭐꼬? 따끔한 것이…."

필추가 소리치며 화들짝 일어선다.

"왜? 무슨 일이고게?"

필추는 윗옷을 벗고 여기저기를 살핀다.

"이거 소왕벌이네양. 어떻게 해서 이게 여기에 있지?"

"소왕벌?"

소왕벌과 십년병 말만 들어도 깜짝 놀라는 때라서 사람들은 놀라면서 모두 회관 바깥으로 나간다.

"거 어떻게 된 일이지?"

"글쎄다. 이상도 하군. 그 벌 혹시 십년병이 있는 벌 아닌가이?"

"큰일 날지도 모르겠다게."

바깥으로 달아난 사람 몇몇이 걱정하는 소릴 하였다.

'탁!'

소리 나게 그 소왕벌을 방바닥에다 터뜨려 죽여 버린 후에 필추는 허공을 흘기며 벌에 쏘인 겨드랑이를 자꾸 만졌다.

뒷날, 가랑비가 한 시간쯤 내린 후라 세상이 축축하다.

보건소에서 각시와 함께 나오는 필추.

필추 각시도 얼굴이 벌겋고 눈가가 축축하다. 너무 어이없는 일이 순간적으로 생겨서 눈앞이 캄캄하다.

"이제 어떡할 겁니까게."

다시 눈물이 나온다. 보건소 안에서도 많이 운 모양이다.

검사해 보니, 어제 침을 쏜 소왕벌이 십년병 바이러스를 가져 있었던 듯 그 바이러스가 벌써 심장에 들어앉아 '십년병' 확진판정을 받은 것이다. 이제 십 년 살면 죽는다는 말이니 아직 젊은 사람이 얼마나 속상하고 억울할 것인가.

필추는 무슨 생각을 했는지 이를 앙다물며 "이놈의 하르방….." 하며 중얼거린다.

요즘도 단오명절을 하는 데가 있는 모양인지, 누군가 마을회관으로 돼지고기를 양념하여 익히고 대꼬챙이에 꿴 적과 두부적을 가지고 와서 거기에 있던 사람들이 몇 조각씩 나눠 먹으며 걱정하는 말들을 한다.

"큰일 났네이?"

필추가 십년병에 걸렸다는 소문 때문이다.

"올해 마을제가 잘못됐는가원….."

"그러게 말야, 그것도 마을회관에서 소왕벌에 쏘였으니까이….."

이때 마을회장이 급하게 달려오면서 하얗게 질린 얼굴로 말한다.

"아이고, 진짜 더 큰 일이 났습니다게."

"오늘 아침 우리 동네 저 한천물에 누군가 둥둥 떠 있는 걸 지나가던 사람이 119와 경찰서에 신고해서 실어 갔는데, 그 죽은 사람이 춘식이 넛하르방이렌마씀. 그래서 나도 저 동부경찰서에 가서 참고인으로 조사를 받고 지금 바로 나오는 중입니다."

동네 사람들은 어안이 벙벙해졌다.

"아이고, 이거 무슨 흉사들인고이?"

"이거 보통 일이 아닙니다예. 더 놀랄 일이 생길 것 같아마씀."

마을 사람들은 물에 빠져 죽은 춘식이 넛하르방에 대한 이야기에 귀를 기울이면서 새로운 정보수집에 정신이 팔렸다.

나중에 나온 사연은 이러했다.

어제 초저녁 마을 윗가게에서 춘식이 넛하르방과 필추가 함께 술을 마시면서 다퉜다. 춘식이 넛하르방은 필추가 십년병에 걸린 소문을 못 들은 모양이었다 한다.

"뭐가 어째? 나보고 늙은이라고 놀리면서, 너 그러면 얼마나 더 오래 살 것 같으냐? 나도 늙었지만 네가 사는 만큼은 더 살 자신이 있다."

춘식이 넛하르방은 '칵!' 문밖으로 가래침을 뱉고 나서 다시 말했다.

"자기가 무엇을 잘한다고, 택도 없는 게 어디서 깝죽거리는지원…."

"히야, 이 사람 잡는 하르방아, 늙으면 곱게 죽어야지. 못 견디게 죽을 하르방이로군."

"알았어. 이러쿵저러쿵하지 말고 얼굴도 보지 말고 살자고. 나도 너 같은 건 꼴 보기 싫어 죽겠다."

필추도 벼른 듯 말했다.

"알았어요. 우리 다시는 절대 보지 말자구요."

말하는 필추의 얼굴이 단단히 굳어졌다.

이렇게들 다투다 가게에서 나갔는데 뒷날 아침에 춘식이 넛하르방이 물에 빠져 죽은 게 발견된 것이었다.

"필추가 죽였을까이?"

"경로잔칫날부터 말들이 많더니…."

"그러게 말일세, 경로잔칫날 그 두 사람이 크게 다투며 싸운 후 여기저기서 남들 입에 많이 오르내리더니."

"그렇다 한들 같은 마을에 사는 사람들끼리 그런 큰일을 만들진 않았겠지요. 그렇게 다툰 일에 사람을 죽인다면 명 짧은 사람들 엄청 많겠네마씀."

"그러니까, 경찰서에서 나와 필추를 데려갔다던데 어떻게 됐을까?"

"필추는, 경찰서 진술에서 자기는 사람 죽인 일이 절대 없노라 했다 던데…."

"글쎄, 그렇게 사람을 죽일 만큼 호령하면서들 다퉜을까? 아이고, 섬 뜩하기도 해라. 하르방이 술에 취해 헤매다니다가 물에 빠졌을지도. 그 하르방도 어지간히 술주정이 있는 사람이니…."

마을 사람들은 그와 같은 말과, 얼떨떨하면서도 남의 일이니 그저 아무 말이나 서로 주고받았고, 춘식이 넛하르방 일가친척들은 경찰 서에 가서 벼르는 소리를 하며 범인을 찾아내라고 큰 소리를 치기도 했다.

며칠이 지난 후, 춘식이 넛하르방을 죽인 범인이 필추라는 게 확인 되었다.

"그러니까 말입니다. 엉엉엉…. 그 하르방이 내 속이 터지게 만들 어 놓더라구요. 그 하르방이 날 십년병에 걸리게 해서 죽이려고 바이 러스가 있는 소왕벌을 잡아다 내 옷 속에 넣어서 내 겨드랑이를 쏘이 게 했거든마씀. 그거 사람이 할 짓입니까? 엉엉엉. 내가 너무 억울합 니다. 그래도 저는요, 아무리 나하고 다투긴 하였지만 너무 분하고 억 울해도 '제가 잘못했습니다. 우리 저 냇가에 가서 한 잔 더 하고 화해 를 합시다.' 하고, 마을 냇가에 가서 차분히 한 잔 따라 드리며 내가 참 아야지 생각으로 '삼촌도 얼마나 더 살겠습니까? 이제 다시는 저에게 윽박지르며 욕하지 말아 주세요.' 하고 부탁하는 말씀을 드리니까, 그

하르방이 벌컥벌컥 화를 내며 '뭐라고? 내 목숨 얼마나 더 살겠냐고? 너 아무리 해 봐라. 나보다 더 살 수 있을 것 같애?' 하는 말에 그만, 어떻게 화가 치미는지 나도 모르게 하르방 모가지를 잡게 되더라구요! 엉엉엉."

　이게, 광인처럼 울며 소리 지르며 자백한 필추의 말이었다.

16. 바이러스의 탈옥

십년병 바이러스를 가진 벌들이 제주 돌아섬 전체에 넓게 퍼졌다. 사람들은 바깥에 나갈 때마다 옷도 잘 차려서 입고 복면포와 불총도 꼭 지니고 모든 준비를 해야 했다.

벌 습격 사건이 있고 나서, 영주교도소 수형인들은 뒤숭숭했다. 미결수들은 피해가 없었지만 기결수들 중에 특히 장기수들이 많이 그 벌에 쏘이고 확진된 것이었다.

"야, 이거 이렇게 살아도 되는 건가이?"

"글쎄 말야, 이 바이러스는 지금 병구원할 수도 없고 치료제 연구가 보통 어려운 게 아니라던데 언제 치료제가 나올지도 모르고…. 내 형기가 15년 남았는데 그 전에 여기서 죽을 것 같네이."

"병원에서도 별 방법이 없고, 나도 10년 넘게 남아 있는데, 미치겠네. 그냥 죽을 날만 여기서 기다려야 될 것 아닌가?"

특히 장기수들이 걱정하는 말들이 많아 교도소 분위기가 웅성거리며 분위기가 혼란스럽게 돌아갔다.

새봄이 들어설 무렵.

자정을 넘긴 이슥한 어느 한밤. 교도소 울담 곁에 보안등이 몇 개 켜진 채 꾸벅꾸벅 졸고 있고 세상은 조용하다.

3사 출입구 철문이 '쓰르릉' 열리면서 교대하러 들어온 담당교도관이 안으로 들어선다. 순간, 벽에 바짝 붙은 채 숨었던 수형인 셋이 그 교도관을 빠르게 잡아 눕혀 소리를 지르지 못하도록 수건으로 입을 틀어막고 헝겊으로 꼬아 만든 끈으로 온몸을 칭칭 감아 묶는다. 저쪽 구석에도 앞서 근무하던 교도관이 같은 상황이 된 채 누워 있다.

재빠르게 일을 마친 수형인들이 교도관에게서 빼앗은 열쇠로 감방문들을 돌아가며 모두 열었다. 방에 있던 수형인들이 입을 잠근 채 3사 바깥으로 나와 더러는 건물 출입문들을 단단하게 먼저 폐쇄하고 나머지는 허리를 숙이며 울타리 쪽으로 우르르 몰려간다.

"거기 누구야?"

동쪽 구석 감시대에 근무하던 교도관이 소리를 지른다.

"울타리를 넘는 사람은 쏜다!"

"보안과, 보안과! 수형인들이 남쪽 울타리로 탈옥을 하려 합니다."

한 손에는 총을 준비해 가며 한 손으론 당직근무대에 급히 보고를 한다.

울담 바깥에서 굵은 밧줄 여러 개가 울담 안으로 던져진다.

수형인들은 바깥세상에 있는 사람들과 사전에 탈옥 모의를 한 모양, 그 일들이 순식간에 이루어진다. 수형인들은 당직 근무하며 보안과에 대기 중인 직원들이 바깥으로 얼른 나오지 못하도록 철문으로 된 통로들을 모두 잠가 놓고 굵은 철사로 칭칭 감아 두기도 했다. 시간을 벌려고 한 것이다.

울담 바깥은 감귤농장이다. 3감시대와 4감시대 사이엔 수령이 많은 감귤나무가 빽빽이 심어져 있다. 밤에는 주변이 어두워 감시대 시야에서도 가만히 응시하지 않으면 관찰이 쉽지 않은 곳이다. 울타리를 넘어온 그 밧줄들도 무거운 경운기나 트렉터나 큰 감귤나무 둥치에 단단하게 모두 묶여 있다. 울담 바깥에서도 까만 옷 입은 일반 사람들 대여섯이 여러 가지 사복과 신발들을 펴 놓고 수형인들이 넘어온 다음 그것들을 입고 신어서 달아나도록 철저히 계획해 놓았다.

몇몇 수형인들이 밧줄을 타고 울타리를 기어오른다.

"울담을 기어오르는 사람은 총으로 쏜다!"

3감시대와 4감시대 근무자들이 소릴 질러도 수형인들은 못 들은 척 빠르게 울담을 기어오르고 울타리 넘나들기에 익숙한 날쌘 몇은 벌써 넘어갔다.

'타~앙!'

3감시대에서 쏜 단발식 칼빈소총 소리가 잠든 세상을 깨웠다.

'꿔~꿔~꿩~'

캄캄한 세상인데도 수꿩들이 소리 지르며 날아간다.

다시, '타앙~!'

총소리와 함께 수형인 중 제일 꺽다리이며 언청이인 수형인 하나가 울담을 넘다 교도소 안쪽 아래로 떨어진다. 그래도 담을 넘어가는 탈옥은 멈추지 않는다.

다음 밧줄을 기다리는 스무 남은 수형인들이 웅성웅성하며 뒤엉켜 있다.

"일구 삼촌, 내려오는 밧줄을 얼른 잡으세요. 내가 같이 잡아당겨 드릴 테니. 그런 다음 얼른 넘어가세요. 나도 따라 곧 갈게요."

춘식이였다.

어려서부터 반항기만 가득하였고 세상 무서운 것 없다며 어차피 죽는 목숨이라고 생명의 고귀함을 전혀 느끼지 못하는 가련한 청춘 춘식이.

곧이어 밧줄 하나가 내려오고 춘식이가 일구에게 넘겨준다. 일구가 주저주저 망설인다.

"탈옥도 큰 죄인데…."

갈까 말까 하는 모양이다.

그러다가 저쪽 구석에 서 있는 필추를 보면서 그에게 "밧줄을 줄까?" 하는 낌새다. 춘식이가 얼른 가로막으며 일구를 재촉한다.

"어서 빨리요."

그래도, 춘식이는 나쁜 친구들과 함께 별별 악행을 하며 다녔지만 자기가 어렸을 때 목숨을 구해 준 준기를 늘 은인으로 생각했고, 준기가 좋아하는 일구를 좋게 생각해 왔다. 교도소 안에서 어쩌다가 둘이 마주치면 삼촌과 조카처럼이나 형제들 같이 반겨 주고 서로 위했다. 그리고 춘식이는 십년병이 들지도 않았지만 교도소에서 탈옥하려 맘을 먹은 것이다.

"맞다. 죽어도 바깥에서 죽자. 내 가슴이 이리 뜨겁게 뛰는데…."
"춘식아, 알았다. 너도 조심해서 나오라이?"
일구가 밧줄을 잡고 울타리를 오르기 시작한다. 군대에서 유격훈련 받을 때 말고는 처음이었지만 긴장한 탓인지 어렵지 않게 꼭대기까지 오르고 담을 넘어 뛰어내렸다.

일구가 넘어간 걸 본 춘식이가 옆구리에서 무언가 하나 꺼낸다. 긴 송곳이었다. 옆쪽을 보다가,
"오필추, 당신이 우리 넛하르방을 죽였지? 이제 나가면 평생 당신을 못 만날 것 같다. 지금 우리 넛하르바님의 원수를 갚아야겠다. 너도 내 손에 죽어 봐라."
필추가 뭐라 할 틈도 없이 춘식이가 필추의 목을 송곳으로 콱 찌른다. 피가 철철 나오고, 필추가 손으로 목을 잡으며 뒹구는데도 춘식이는 빼고 찌르고를 세 번이나 더 했다. 밧줄을 기다리는 사람들이 말릴 틈도 없이 잠깐 사이에 벌어진 일이다. 필추가 울타리 벽으로 굴러

가는 걸 본 춘식이가 마침 내려온 밧줄 하나를 잡고 오른다. 춘식이는 불량했지만, 성질머리가 사나웠던 그 넛하르방은 그래도 춘식이만 보이면 많이 아껴 주고 용돈도 자주 쥐어 줬던 것이다.

날쌔게 담을 타오르는 춘식이가 울타리를 거의 올랐다. 꼭대기가 잡히자 얼른 올라 걸터앉고 아래를 잠깐 본다. 아직도 필추가 살아서 몸부림친다. 춘식이는 필추가 축 늘어지는 걸 꼭 보려는지 잠시 지체한다.

'타~앙!'

춘식이가 교도소 울담 바깥으로 털썩 떨어진다.

이번엔 4감시대에서 쏜 총소리다.

그때,

떠들썩하며 무장을 한 교도관들이 몰려나오고, 불빛들이 번쩍거리며 사이렌 소리가 나고 출동한 경찰 타격대가 교도소를 에워싸고 상황을 정리하기 시작했다. 바깥에서 달리던 이도 잡히고 안에서 밧줄을 기다리던 수형인들은 모두 손을 머리에 올렸다. 이 탈옥 사건은 이렇게 잠깐 사이에 일어나고 끝났다.

일구는 달렸다. 거기에 준비된 신이나 옷 따위 생각도 안 나고 입었던 죄수복에 고무신을 신은 채 달렸다. 입을 굳고 단단하게 악물었다. 울담 넘을 때 팔목이 조금 삐고 팔꿈치에 상처가 났지만 달리다 넘어지면 얼른 일어서서 다시 달렸다. 처음엔 한라산 쪽으로 달리다가 방향을 틀어 한천으로 들어서서 오라올레길로 들어섰다.

"맞다. 집에 가서 식구들에게 사랑한다 말하고 잡히든 죽든 하자. 아무 죄도 없이 저 교도소 안에서 죽는 건 너무 억울하다. 잡혀서 징역을 더 받아도 내 목숨 몇 년 남지 않았으니….."

"그런데, 지금 집으로 가도 날 잡으러 온 사람들이 벌써 이웃집까지 들어가 기다릴 것 같다. 어쩌지?"

돈도 한 푼 없이 어딜 가 봐도 숨을 곳이 없다. 어디 가서 도둑질할 자신도 없다. 시내가 가까워질수록 더 걱정이 되었다.

"아 참, 우선 거기에 가서 숨자."

하며, 오라올레에 있는 높은 다리 밑에 경사지지만 좁고 깊숙하고 다리를 오므려 누우면 바듯하게 두어 사람 들어갈 수 있는 으슥한 곳이 있다는 걸 생각해 냈다.

"거기로 가야겠다."

마음을 정하고 그쪽으로 내려가기 시작했다.

이른 봄이지만 어스름 새벽빛으로 올레길 옆 감귤나무에 달려 있는 귤이 보인다. 하나를 따서 먹어 보니 맛 상태가 조금 변한 것 같아도 시큼하지도 않고 달다. 빠르게 따서 주운 비닐봉지 하나 가득 채웠다. 그리고 생각해 둔 그 다리 밑 속까지 조심조심 기어들었다. 벌레들이 꾸물꾸물 기어 다니고 곰팡이가 피어 냄새가 퀴퀴했지만 바깥에서 여기를 못 볼 테니 일단 안심이 된다. 좁은 바닥에다 길게 다리를 펴고 몸을 눕혔다. 다리 위를 지나는 차들이 쿵쾅거리며 다닌다. 배가 고프다. 일구는 따고 온 감귤 몇 개를 얼른 벗겨 먹었다. 바닥에 있는 자잘한 돌에 어깨뼈와 등뼈가 눌러지고 바닥이 까칠까칠해서 등마루도 불편하다. 주변에 나가서 냇물에 떠내려 온 여러 가지 검부러기와 북더기를 걷어 모아다 깔고 누웠다. 마음은 불안해도 몸은 편안하다. 그리고 허기가 채워지니 졸립다. 시도 때도 없이 자동차들이 다리 위에서 쿵쾅거려도 찾아오는 잠을 이기지는 못했다.

얼마를 잤을까. 큰 차가 지나가는 모양이다. 다리가 내려앉을 듯이 머리 위에서 쿵쾅거리는 소리에 눈이 뜨였다. 날은 훤해졌고 목이 말랐다. "어떻게 할까…." 다시 감귤 여남은 개 까먹었다. 목구멍이 거북한 것 같아도 목마른 것과 배고픈 것은 사라졌다. 그런데 바깥으로 나설 자신이 없다.

"그냥 여기 있다가 다시 어두워지면 나가자."

일구는 다시 드러누웠다. 한숨을 쉬며 눈을 감았다. 몸에 오한이 느껴진다. 생각해 볼수록 자신이 너무 서럽다. 온갖 생각들이 문득문득 떠오르며 나선다. 몇 시간 전에 교도소 울담을 넘다 총에 맞아 떨어진 수형인의 언청이 입으로 피가 철철 흐르던 모습이 아른거린다. 우리 집 뒤쪽에 해년마다 이즈음에 나오는 냉이들이 많이 돋아났을까…. 일찍 피는 노오란 유채꽃도 피었을까…. 식구들은 나 말고 다른 일로는 어렵지 않게 잘 지내고 있을까…. 각시와 아이들 얼굴이 떠오르며 무척 보고 싶다. 어머니가 나타났다 사라지고, 준기가 술을 엄청 마시고 트림을 하며 혀가 꼬부라진 소리로 하던 말들이 생각난다.

"일구야, 사람들은 있잖아. 지금 너와 나처럼 가슴이 따뜻할 때가 목숨인 거다. 너도 목숨일 때 한평생 잘 살고 좋은 이름을 남기거라. 이름! 거 중요한 거여. 호랑이가 세상에서 없어져도 가죽은 남기잖아 이? 이름 날리는 방법이야 여러 가지 있겠지. 악명도 이름이고, 그도 저도 아닌 아무 데서고 있으나 마나 한 허명도 이름이지. 허명의 반대로 대통령이나 높은 벼슬로 남들이 받들어 주는 훌륭한 이의 유명도 이름이여. 그래도 일구야, 진짜 이름은 너를 불러 주는 그 이름이다. '강일구!' 하며 불러 줄 때 그게 이름이라는 거지. 나야 아무도 불러 주지 않고 머지않아 잊힌 이름이 되겠지만 너는 사람들이 항상 좋게 불러 주는 이름이 되도록 열심히 살아! 꺼억~ 너무 미련해도 안 되지만 자기보다 좀 부족하거나 약하다고 휘어잡아 하시하거나 강퍅하면서 잘난 척도 말고, 어디 나서서 으스대며 자기만 맞다 우기지 말고 남의 말도 들어 주고, 하찮은 것에 까다롭지 말고, 피아만 구분하며 자기편이 아니라고 원수처럼 여기며 불쑥불쑥 성이나 내면 안 된다. 그런 사람에겐 뒤에서 마구 손가락질할 것이고 나중에는 허명이 되고 말 거여. 꺼억!"

이렇게 말하던 준기의 목소리가 귀에 생생하다.

"아, 강일구!"

내 이름이다. 준기가 바라던 것과는 다르게 불쌍한 이름이 되고 말았다. 일구는 자기 인생이 너무 서럽다 생각되며 눈물을 글썽이다가 나중엔 펑펑 울고 말았다.

그때였다. 여러 사람 떠들썩하는 소리가 들려오더니 개 짖는 소리도 나며 점점 가까이 오는 거 같다.

잠깐 사이에 웅성웅성하는 사람들 소리가 바로 앞에서 들린다.

"이 다리 밑에 막혀지고 빈 공간이 하나 있는데 거기도 보자구요. 누가 숨어 있을지도 모르니…."

아, 순간, 일구의 눈에 횃불이 켜진다. 그 사람들은 탈옥수를 검거하러 나온 수색대원들이었다. 누군가 한 사람이 학학거리는 개와 함께 오는 듯하다.

"강일구 씨?"

"아, 내 이름인데…."

일구는 자기 이름을 부르는 소리가 꼭 귀신이 부르는 말 같았다.

"거기 누구 없습니까? 있으면 빨리 나오세요. 안 그러면 개들을 풀어 놓겠습니다. 거길 보니 감귤 껍질과 옷자락도 보이는 것 같은데, 얼른 나오세요!"

빨리 나오라고 으름장하는 소리가 냇가에 메아리로도 달려들고, 일구는 대답도 없이 굼뜨게 꾸물거리며 기어 나왔다. 입을 꾹 다문 채 뒷짐결박된다. 아무리 일구가 숨을 만한 곳에 숨어 있었지만 그곳에 숨었으리라 단번에 알아맞히는 그 수사관들은 정말 귀신같았다.

탈옥수들이 달아나거니 곧 검거율이 높은 건 교도소 당국이나 수사기관과 모든 행정기관들이 발 빠른 협조와 능력이 좋은 것도 있었지만, 사실 달아난 수형인들이 바로 잡혀 오게 된 데는 어떤 사연도 있다.

영주교도소는 수형인들을 위한 정책으로 '인권과 건강'을 내세워 여러 가지 방법을 쓰는데, 수형인들 운동시간 많이 주기, 수형인들 특별면회 기회를 제공하기, 수형인들이 편지 쓰고 보내는 일 도와주기, 따돌림받고 힘없는 수형인 면담 자주하기, 수형인들에게 거칠게 하거나 성내며 대하지 말기, 수형인들이 출소하고 나가서 살아갈 방향과 형편을 알아보고 도움 주기 따위가 있다.

요번 사건과 관계되는 일 중 하나도 있다. 기결수들의 건강을 도와주려 일주일에 한 번 우유 한 팩과 종합비타민제 한 방울씩도 나눠준다.

그 비타민은 몸속에 흡수도 잘되고, 여러 가지 좋은 미량요소로 만들어져 사람들이 많이 찾는 비타민이다. 말만 들어도 건강해질 듯한 거라 수형인들도 그 비타민 배급받는 날이 기다려지곤 했다.

이 비타민이 정말로 사람의 건강을 도와주는지는 몰라도 이 비타민엔 특징이 하나 있다. 먹은 후에 소화도 잘되지만, 보통의 사람 코로는 냄새를 맡을 수 없는 그 비타민의 특별한 내음은 소화된 후에도 한이틀 그 사람에게 남아 있는 거다. 그러니 사람들이야 그걸 못 느끼고 살지만 개 코는 다르다. 그 비타민 냄새를 아무리 숨겨 봐도 시력이 좋고 훈련이 잘된 개의 코는 폴폴 풍겨 오는 그 냄새를 헤아리며 곧장 그 방향으로 따라가서 찾아내는 것이다. 영주교도소 탈옥 사건이 있던 날에도 수형인들은 그 비타민을 받아먹은 것이었다.

전국으로 방송된 이번 탈옥사건의 전말을 설명하는 걸 살펴보면, 교도소에 '영왕'이라는 한 수형인이 있었다.

조폭 두목으로 경쟁 조폭과 싸우며 몇 사람을 죽인 살인범인데, 교도소 안에서 수형인들이 '영왕님'이라 하는 '왕'이다. '영왕'은 '영어의 몸이 된 왕'이라고 하는 말을 줄인 거다. 나이는 오십쯤이지만 바깥세상엔 돈도 많고 큰 갑부였다. 수형인들은 그 안에서 큰소리치는 그 사람 말에 아무런 대꾸도 하지 못하고 꾸벅거리며 모시는 것이었다. 무기징역을 받았다가 30년으로 감형되고 이제 20년 남은 사람이지만 교도소 안에서는 호랑이질로 큰소리치는 '왕' 노릇을 하는데, 그 사람도 그만 요즘 전염병으로 세상을 어지럽게 하는 '십년병'에 걸린 것이다.

이번 사건은 그 '영왕'이 교도소 바깥과 안에 있는 조직원들을 선동하여 만든 사건이었는데, 십년병에 걸린 수형인들과 십년병에 걸리진 않아도 징역살이가 많이 남은 수형인들이 탈옥을 모의한 사건이었다.

"여기 있어도 바깥으로 나가기 전에 죽을 거, 바깥세상에서 죽고 싶다."

이렇게들 하여, 바깥에 있는 조직원 다섯에게 일억 원씩 주면서 공작한 일이었다.

그 탈옥 현장은 피가 홍건한 참상의 현장이었다. 교도소 울담을 넘다 수형인 둘이 총에 맞아 죽고 한 명은 담을 기어오르다 떨어져 죽고, 또 한 명은 울타리를 넘다 총에 맞아 죽은 수형인에게 울담 안에서 송곳에 찔려 죽은 것이다. 울담을 넘어 탈옥한 사람은 모두 열한 명이었다.

그래도, 경찰들의 수사망은 촘촘하게 준비되었다. 달아난 수형인들 중 맨 앞에 달아난 '영왕'을 제외하곤 이틀 만에 모두 잡혀 돌아왔는데, 그 '영왕'은 경찰에 쫓겨 달아나다가 어느 큰 건물 꼭대기로 도망친 후, 아무래도 잡힐 수밖에 없음을 느끼고 스스로 투신하여 목심을 던져 버렸다. '영왕'은 이러한 내용의 유서를 주머니에 넣어 두었다.

"아무리 발버둥 쳐도 십 년 내에 죽을 것이다. 이제 탈옥 죄까지 더하면 삼십 년 이상 교도소 안에서 썩어야 한다. 난 그 벽으로 숨통이 꽉 막힌 교도소 안에서 죽고 싶지 않다. 진심의 말을 하겠다. 바깥세상에 있는 푸르른 하늘과 아름다운 꽃들과 웃으며 길을 걸어 다니는 사람들을 보며 함께하다가 죽고 싶다. 내가 너무 못살게 굴어 날 미워하는 분들께 용서를 빈다. 이제 난 이 세상을 떠난다. 세상에서 뛰어난 사람이 되고 싶었던 나는 밉지만, 세상은 사람들 목숨의 가치가 있고 정말 고운 곳이고 사랑스럽다."

십년병 바이러스가 소왕벌을 통하여 사람의 심장 속에 감염된다는 사실이 나온 후에, 치료제 개발에 몸부림치며 발버둥 쳐도 너무 막연하고 희망이 보이지 않아서 국민들은 나라에 대한 원성이 자자하다.

국가에서 '백배사죄'라는 말과 아주 신중하고 급하게 치료제를 개발 중이라고 극구 변명을 하며 달래고 있지만, "그저 당황해서 엄벙덤벙 말로만 넘기려 하지 말라!" 하며, 사람들은 국립대학 생명공학연구소에서 만든 인공 바이러스니까 국가가 모두 그 책임과 보상을 해야 한다는 것이다.

대학총장의 사과문 내용은 이러했다.

"우리 생명공학연구진이 사람 목숨을 조금이라도 더 오래 살게 하려고 심장기능 십 년 연장을 연구하다가, 심장기능이 십 년만 남는 '십년병'이라는 시행착오가 돼 버렸습니다. 엎드려 백배사죄드리오며, 저를 비롯하여 관련자들 모두 책임지고 옷을 벗어야 하나 진정한 책임은 이 어려운 상황이 수습되도록 하루라도 빨리 치료제 개발을 하는 것이라 생각합니다. 목숨 바쳐 노력하겠습니다."

17. 금목걸이

만구의 십년병을 아는 아내는 매일 눈물과 한숨이다. 딸에겐 비밀로 했다. 이 십년병이 사람끼리 전염이 안 되는 병이라 나라에서도 확진자를 비공개로 관리하고 있다.

아버지가 십년병에 걸린 줄 모르는 딸은 집안이 어려워도, 그 작고 동근 얼굴로 언제나 명랑하고 밝다.

"아빠, 요즘은 바쁘지 안! 매일 집에만 인!"

"웅, 미라야, 요즘은 일이 없음. 근데, 우리 미라 얼마 없어 어른 됨. '성년의 날' 뭘 가지고 싶음?"

"에이, 아빠도. 난 아무것도 필요 없어. 빨리 고등학교 졸업해서 취직하고 월급으로 내가 필요한 거 사고 싶음!"

"미라야, 너는 대학에 꼭 가야 한다. 내가 어떻게 해서라도 너를 대학에 보내 줄 거야."

"에구, 알았습니다게. 아빠 엄마만 건강하면 난 걱정이 없음."

만구의 딸 미라는 늘 이렇게 착하고 예쁘다.

"우리 미라 참 착하다. 그래도 '성년의 날'에 가지고 싶은 거 말해 봐."

"호호, 저 있잖아요. 나중에 취직해서 월급 타면 아빠 엄마 맛좋은 것도 사 드리고, 다른 아이들이 많이 하고 다니는 그 금목걸일 꼭 사려구요."

"에구, 우리 효녀 미라!"

"금목걸이?"

"금목걸이!"

만구가 속으로 중얼거린다.

"지금 형편으론 돈이 생기는 대로 십만 원씩이라도 모아 가면서 빚을 갚아야 한다. 딸에게 금목걸이를 사 줄 형편은 못 된다."

"금목걸이?"

순간, 만구의 눈에 불이 켜지는 것 같다. 한 번도 보지 못했지만 제주시내 부잣집 황집 할망이 보이는 것 같다.

"아이고, 이 여편 삼촌은 저세상에 가도 금목걸이와 금팔찌와 금반지를 모두 주렁주렁 차고 다니려는지, 자기 패물들 하나도 건드리지 말고 자기와 함께 묻어 달라고 해서 그냥 고스란히 몸에 있는 채로 묻고 있습니다게."

지난 해 해안목장에 있는 제주시 황가네 가족묘지에서 그 집 할망

무덤을 만드는 인부를 할 때, 그 일가 누군지 입술이 두꺼운 아지망 하나가 자랑인지 원망인지 모르게 말하던 모습이 눈에 선하게 떠오르는 것이다.

만구는 눈을 지그시 감았다.

"아… 내 목숨 육 년쯤 남았구나."

어느 날 깊은 밤.

반달이 구름 속을 들어갔다 나왔다 해서 그리 캄캄한 밤은 아니다. 별똥별이 한라산을 넘어 날아가는 것도 이따금 보이는데 바람이 제법 센 밤이다. 십 년 넘게 탄 차라 매끈한 아스팔트 길이라도 엔진 소리가 크다.

비가 오려는지 날씨가 조금 더운 듯하다. 차의 유리문을 내렸다. 차속에 둔 신문지가 이리저리 날린다. 만구는 문을 도로 올리고 핸들을 더 힘껏 쥐었다.

길이 꼬불꼬불한 해안목장 주변엔 밤인데도 새로 돋은 풀들이 바람에 흔들리며 너풀거리는 것이 보여 온다. 찾기 쉬운 황가네 가족묘지는 깨끗이 정리되어 있었다.

만구는 그 가족묘지 입구에 차를 세우고 두껍고 거먼 마스크를 한 뒤에 차 트렁크에서 삽과 단단한 지렛대와 큰 망치를 꺼내 들어 주변은 살피지도 않고 곧장 어느 산소 앞으로 걸어갔다.

'휘익!'

갑자기 센 바람이 달려들어 만구의 옷을 펄럭이게 한다. 무덤 위에 올라선 만구는 약간의 주저함도 없이 무덤 꼭대기에 삽을 쑤욱 박았다. 다리가 후들후들 떨린다. 그래도 삽은 쉽게 들어간다. 꼭대기에 씌워진 잔디 여남은 장쯤 먼저 파냈다.

한 삽 두 삽 봉분이 헤쳐지기 시작하고, 얼굴에 땀이 흐르기 시작하자 만구는 무서운 생각도 없어지고 그 순간에도 솔솔 불어오는 바람이 선선하게 느껴진다.

좋은 흙으로 만든 봉분이라 삽질이 쉬웠고 얼마 지나지 않아 삽 끝에 딱딱한 개판이 건드려진다. 흙을 긁어내고 명정과 개판을 손으로 걷어 낸다. 관이 보인다. 몸서리가 나고 으스스하다. 두렵다. 등골에 소름이 돋는다. 정신이 잠시 아뜩하다. 딸 미라가 학교에서 집으로 오는 모습이 떠오른다. 머리를 크게 한 번 흔들고 난 후에 관을 만진다. 관이 차갑다.

"뚜껑을 열어야 한다."

쇠로 된 지렛대 끝 얇은 데로 관 뚜껑을 열려고 찔러 보니 틈이 전혀 안 생기고 끄떡도 하지 않는다. 이대로는 너무 힘들어 어렵겠다.

여러 번 시도했지만 헛손질이 될 뿐이다.

"어떡하지…."

"저 뚜껑 어느 한쪽을 부서서 틈을 내야 지렛대가 들어갈 수 있다."

만구가 큰 망치를 들었다. 멈칫해진다. 삽질만 할 땐 소리가 별로 안 났는데 망치질을 하면 이 목장 끝까지 들릴 것이다.

머뭇거려진다. 그래도,

"어차피 마쳐야 할 일…."

'탁~!'

관의 한 모퉁이를 내리쳤다.

'타~악~~~!'

목장 어디쯤에서인지 메아리친다.

"빨리 끝내야 한다."

'탁. 탁 탁. 탁 탁 탁~!'

'탁! 탁!' 하는 먼 곳의 메아리가 반복되다 사라지는 순간, 고막이 터질 듯 부숴 대던 관 귀퉁이가 무너지며 구멍이 났다. 지렛대를 찌르고 힘주어 누르니 뚜껑이 들려진다. 마스크를 했는데도 이상한 냄새가 팍 난다.

"됐다."

관 뚜껑을 여는 순간, 어둑한 관 속에서 하얀 옷 입고 머리카락으로 덮인 얼굴 사이로 물끄러미 쳐다보는 할망.

"으~" 만구의 몸이 달달 떨린다.

"빨리 해야 한다."

손이 달달 떨려도 만구는 할망의 머리카락을 옆으로 젖혔다. 얼굴이 물컹하게 무너진다.

"으~~~"

"저건 뭐지?"

무너진 건 얼굴이 아니라 들끓는 구더기 덩어리였다.

"어떡하든 금목걸이…."

비위가 약하다는 소릴 듣는 만구이지만 짐작으로 할망 목이 있을 쯤에다 손을 찔렀다. 구더기들이 얇은 면장갑을 낀 손가락 사이를 미끌미끌 꼬무락꼬무락 기어 다닌다. 손을 왼쪽 오른쪽으로 휘저어 봤다. 턱뼈가 만져지고 그 아래쪽으로 손을 내렸다.

"아~!"

뭔가 있다. 손을 더 깊이 찔렀다. 가운데 손가락에 뭔가 걸린다. 손가락 모두 그쪽으로 모아 놓고 확 잡아당겼다.

"아!"

"금목걸이다!"

어둑한 관 속에서도 금은 번쩍거렸다.

금목걸이를 얼른 주머니에 넣고,

"빨리 여길 나가야 한다."

만구는 이제 딴 생각을 할 겨를이 없다. 재빠르게 관 뚜껑을 닫았다. 뚜껑이 잘 맞지 않아 이리저리 흔들려도 어쩔 수 없다. 개관과 명정을 대충 깔아 놓고 삽으로 흙을 메우기 시작했다. 온몸에서 땀이 줄줄 흘렀지만 무덤을 팔 때 시간보다 훨씬 빠르게 일이 되었고 무덤이 물렁물렁하며 팽팽하지 못해도 흙 덮는 일을 마쳤다.

"봉분이 처음보다 높이가 낮고 탄탄하게 다지지 못해 대강대강이지만 할 수 없다."

공동묘지 입구에 서 있는 코가 뭉툭한 돌하르방이 일부러 아무것도 모른 척한다.

만구는 삽과 연장들을 급히 줍고 차가 있는 쪽으로 달렸다.

후유증 탓인지 심신이 불안하고 쑤셔 며칠간 집에 늘어지게 누웠던 만구가 슬며시 일어나서 바깥으로 나간다.

칠성통 '번쩍번쩍 금은방'.

"이거 우리 어머니가 했었던 목걸이인데요. 딸에게 주려 하니 곱게 새것으로 만들어 줄 수 있나요?"

"예. 이리 줘 보세요."

금은방 주인이 목걸이를 저울질해 본다.

"순금 열 돈입니다양. 그냥 모양만 바꿔 드릴까요?"

"글쎄 저는 잘 몰라서요. 어떻게 하면 예쁘고 좋을까요?"

"요즘 사람들은 있잖아요. 순금보다 십팔금을 더 좋아하거든요. 그러니 요즘 아이들이 좋아하게 이 목걸이를 십팔금으로 깨끗하게 바꿔 드릴게요."

"돈은 얼마나 들까예?"

"십팔금으로 바꾸는 거니 내가 돈을 내드려야 하겠지만, 그건 수공 비용으로 해서 주고받는 것 없이 그냥 찾아가는 걸로 하시죠."

"예, 그렇게 해 주시면 고맙겠습니다."

새로 만드는 금목걸이의 비용과 절차가 까다롭지 않게 정리된 만구는 마음이 편안하고 기뻤다.

'성년의 날'까지 그 산소의 문제가 발견되지 않은 모양 아무 일도 생기지 않았다.

만구가 금은방에서 목걸이를 찾고 푸줏간에 들려 돼지고기를 조금 사고 집으로 들어서며 말했다.

"우리 미라 성년 축하 선물!"

미라가 펴 보고 손에 올려놓고 말한다.

"와~ 우리 아빠 최고!"

만구의 심장이 뜨거워지고 뭔가가 출렁거리며 눈으로 올라온다.

기뻐서 팔짝 뛰는 딸을 품어 주며, 만구는 "명왕이 훗날 나를 구렁지옥으로 보낸다 하더라도, 지금까지 산 인생 중 가장 흐뭇하다. 고요하고 잔잔한 바다처럼 편안한 날이다."라고 생각됐다.

만구가 망해서 빚쟁이가 돼 버렸지만 부부가 고생해 가며 빚을 하나씩 갚아 가는 걸 본 은행이나 만구와 가까운 사람 여럿은, 이자도 정확하게 상환하면서 열심히 살려는 만구 부부의 성의가 너무 안타깝고 훌륭하여 채무를 조르거나 독촉하지도 않고 빚을 받은 셈하겠다며 위로해 주기도 하니, 만구는 이삼 년만 지나면 '신용불량자'에서도 벗어나고 빚짐이 대충 내려질 것도 같았다.

딸이 잠든 어느 날 밤.

만구 각시 우는 소리가 난다. 만구가 금목걸이 이야기를 한 것이다.

"그러니까, 한 이 년만 참고 있게. 미라에겐 아방이 저 몽골에서 건설사업하는 친구네 회사에 일하러 갔다고 하고…."

"어떻게 혼자 그곳에서 고생한단 말입니까게."

각시는 속상한 말과 함께 눈물이 가득해진다.

"울지 말고 마음 크게 먹고살아야지. 곧 우리도 펴지는 좋은 날이 올 거야."

만구는 하루 종일 생각나는 그 무덤 속 머리카락과 구더기가 못 견디게 괴로웠다. 제주섬을 떠났다고 그 생각이 잊혀지랴만 만구도 다른 생각이 있었다.

제주 돌아섬을 떠나던 날, 아내와 딸의 글썽이는 눈물을 닦아 주고 비행기로 서울에 내린 만구는 거기서 제일 가까운 경찰서를 찾아간 것이다. 무덤 도굴을 자수하고, 부끄러운 소리를 조금이라도 덜 번지게 하고 싶은 마음에서였다. 섬의 특성상 사건 하나가 생기면 순식간 전도에 전파되기 때문에 만구는 육지로 가서 큰 이슈가 안 되도록 하면서 죗값 절차를 치르고, 혹시 십년병 치료제와 백신이 나오면 새로운 삶을 살겠다고 생각한 것이다.

18. 거래 속의 선과 악

세상을 한바탕 시끌시끌 들끓던 영주교도소 탈옥사건이 끝난 후 교도소에서는 십년병에 걸린 수형인들을 분리 수용하였다. 일반 죄수들과 함께 두면 다시 무슨 모의를 할지 모르니 그 대비책으로 분리시켰는데, 탈옥했다가 잡혀 돌아온 열 명 수형인은 검찰에서 한 달 가까이 그 탈옥 사건에 대하여 조사를 받고 있고 열 명 모두 따로따로 독방에 가두었다.

"아무리 해 봐도 이 교도소 안에서 죽어야 할 거."

일구는, 남은 형기가 구 년 반쯤인 데다 이번 탈옥죄로 얼마나 더 늘어날지 모르기 때문에 이 목숨으로 더 살아가는 게 아무 가치가 없다는 생각에 모든 게 귀찮게만 느껴진다.

"그러니까, 당신은 그 탈옥사건 계획에 전혀 참여하지 않았단 말이죠?"

"예."

일구가 시원하게 입을 열지 않으니까 수사관이 엄포를 논다.

"그런데 왜 탈옥을 하게 되었습니까? 탈옥죄가 얼마나 큰 건 줄은 알지요?"

"…."

"이런 답답이 있을까원. 억짓말은 하지 말고 사실대로 진술을 하세요. 자꾸 미루게만 하지 말고, 이 사건을 얼른 종결해야 할 것 아닙니까?"

검찰 수사관이 화난 듯 따진다.

"… 예, 난 그저 다른 사람들이 담을 넘어가니까, 나도 갑자기 넘고 싶다는 생각이 언뜻 나더니만 어느 순간 그렇게 울타리를 넘어가 있었습니다."

"다시 그 대답뿐이로구나양. 이 사람 굉장히 억센 사람일세. 알았습니다. 다시 한번 더 조사 기일을 정한 후에 교도소로 연락하겠습니다."

일구가 검찰청에서 여러 수형인들과 호송버스를 타고 교도소로 돌아오는데 교도소 정문 옆에 있는 은행나무 가지에 앉았던 직박구리 한 마리가 '포로롱' 날아간다. 일구가 자신의 팔을 만진다. 오늘따라 교도관이 별나게 포승줄을 느슨하게 안 묶고 세게 돌리며 묶어 놓으니 팔목이 너무 눌러진 모양인지 양쪽 팔뚝이 잔뜩 아프다.

교도소 안의 하루도 저물어 간다. 조금 후엔 식사 시중을 하는 수형인이 헐고 빛바랜 알루미늄 그릇에다 저녁밥을 디밀어 줄 시간이다. 오늘도 배고픈 생각이 전혀 없다. 아무것도 먹고 싶질 않다. 각시와 식구들이 떠오른다.

"면회 올 때마다 눈물만 뚝뚝 흘리는 각시에게 오늘 저녁엔 편지나 써야겠다."

'내 목숨 여기서 마치게 되더라도 서러워 마시게. 내가 이 세상에 없는 셈 치고 아이들과 열심히 살아갈 생각만 하게. 그리고 여기로 면회도 자주 오지 말게나. 나 죽은 후에는 화장을 하고 남은 잔뼈 몇 개와 재 한 줌만 자그마한 유골단지에 담아 문중회 세장산에 잘 묻어 주시게나. 그리고 사망신고도 기한 내에 잘하고 여러 가지 일들 차곡차곡 잘 챙기시고….나는 당신과 우리 식구들 너무너무 사랑한다네.'

어둑한 독방에 쪼그려 앉아 식구들 걱정을 할 때였다. 감방문 열쇠가 '찰카닥' 열리며 키 작은 교도관 하나가 방으로 비쭉 고개를 들이밀면서 말한다.

"777번 강일구 씨!"

"예."

"나오세요. 이제 출소입니다. 지체하지 말고 필요한 것들 보따리에 싸서 바로 나오세요. 더 어둡기 전에 나가는 게 좋을 겁니다."

일구는 어안이 벙벙하였다. 지금 비몽사몽 중일까?

"나 이거 정신이 이상해서 환영이 나타난 건 아닌가? 이건 꿈이겠지게…."

자기 엉덩이를 꼬집어 봤다. 아프다. 더 세게 꼬집어 봤다. 따끔하다. 일구가 움직이지 않고 한동안 주저주저하니 데리러 온 교도관이 "빨리 준비하세요게!" 하고 언성을 조금 높이고 교도관 티를 내며 야단을 친다.

일구가 교도소 울담 출입문을 걸어 나왔다. 바깥세상 공기는 정말 시원하다. 집에 있는 따스한 방이 그립다. 말똥말똥한 눈에 먼 시가지 불빛들이 하나둘 생겨나며 번진다. 슬쩍슬쩍 여러 번 자기 몸을 꼬집어 봐도 그때마다 아픈 걸 보니 정녕 꿈이 아닌 게 맞다. 하늘로 날아갈 것 같다. 터진 풍선처럼 돼 버린 꿈이 다시 살아나는 것 같고 자신이 그리 모나게 살지 않았으니 하느님이나 조상님들로부터 상덕을 입은 것 같다.

교도소 정문이 보인다. 그 옆에 있는, 나목이 된 은행나무도 가지를 벌리며 기다려 주고 있는 듯하다.

"자, 그럼 잘 가세요."

정문까지 함께 나와 준 교도관이 부드럽게 인사를 한다.

교도소 정문을 나섰다. 기분이 묘하다. 아무리 불 담으러 온 인생이라지만 무한한 이 기쁨! 이런 것이 기쁨이다. 새장에서 바깥으로 나와 하늘로 솟아오르는 새도 이런 자유의 기쁨을 느낄 거다.

이런저런 생각에 빠져 걷는데….

'팍!'

"다시는 여기 오지 마라!"

두부 부스러기들이 가슴으로 날아들었다. 집에다 미리 연락이 된 듯 교도소 속에서 그렇게 그리워하던 각시 수정이와, 친구 찬용이와, 찬용이 아내이자 수정이 친구인 다정이가 마중을 나와 부스러뜨린 두부를 일구에게 던진 것이다.

"여보!"

각시가 안겨 든다. 품어 준다. 정말 미안했다.

"나 때문에 얼마나 힘들었을까…."

"일구야, 참 기분이 좋다. 죄 없이 들어가 앉아 고생 많았지."

찬용이가 일구의 얼굴을 감싸고 어깨를 톡톡 건드리며 등을 다독여 준다.

"찬용아, 나 배도 고프고 술이 그립다. 후후후."

"에구, 그놈의 술! 그 술로 완전 망한 사람이…."

"야, 그래도 이런 날은 소원을 들어줘야지. 호호호."

각시가 눈총을 쏘는 체하며 하는 말이었고, 뒤이어 다정이가 웃으며 하는 말이었다.

"내 차로 우리 동네 횟집에 가자. 이런 날은 내가 실컷 사야지. 하하하."

찬용이가 웃으며 말한다.

찬용이네 집은 아직도 갯가에 있다. 그 전에도 자주 다녔던 곳이지만 처음 온 곳처럼 낯설게 느껴진다. 바닷물이 썰물의 절정인 시간이었다. 물 빠진 갯가로 들어서서 돌들을 일으키면 보말들이 후드득하고 떨어질 것 같다.

일구가 혼잣말로 중얼거린다.

"아, 세상은 나쁘기만 한 게 아니로구나…."

일구는 무죄로 석방이 됐다. 무근성 폐가의 살인사건 진범이 자수를 한 거다.

여행 왔다가 죽은 그 육지 사람은 부동산 투기 사기꾼이었던 것이다. 오천 평 되는 과수원을 거래했는데 평당 십만 원씩 오억 원짜리 거래였다. 그런데 그 육지 사람이 보증금 일억 원만 내고 밭을 이전하여 가져 버린 것이다. 평생 농사만 하던 그 농부는 환갑이 다 돼도 건성건성으로 헤아림이 부족한 사람인데, 각신 죽어 버리고 자기 혼자 말년을 편하게 살겠다며 농사를 집어치우고 밭을 파는데 그 촌사람 농부는 계약이나 거래에 분별능력이 없어서 참기름 바른 것 같은 그 육지 사람의 말솜씨에 미끄럽게 넘어진 셈이다.

그 육지 사람이 보증금을 일억 원이나 주면서

"계약서를 작성하고 공증을 해야 하니 인감증명서를 뗀 후 인감도장까지 저에게 맡기십시오. 제가 알아서 빨리 처리하여 드릴 테니…."

하니까, 분별없는 이 촌사람은 계약금도 많이 받았으니 그 사람을 믿고 인감증명과 인감도장을 맡겨 버린 거였다.

밭 명의가 이전되고 나니 민머리에다 키가 작고 배가 불룩한 그 육지 사람은 이 핑계 저 핑계만 하며 "알았습니다. 잔금을 곧 드리겠습니다."라고 건성으로 대답만 하며 본금에서 계약금 말고 남은 땅값을 한 해가 다 저물도록 갚지를 않으니 밭을 판 농부는 홧김에 이렇게 생각했다.

"좋다. 그러면 내가 그 밭 주인이니 내가 농사를 더 해야겠다."

계약금 받은 것도 있고 해서 좋은 품종의 감귤로 '비닐하우스재배'를 하려고 과원 한 귀퉁이 오백 평쯤 감귤나무를 자르고 다른 품종의 큰 나무를 새로 심었다. 그런데 그 사기꾼은 항상 그 밭을 살피고 있었는 듯 말했다.

"왜 남의 밭 나무를 함부로 잘라 버리고 다시 새로 심고 그러십니까? 내가 고소할 테니 그리 아세요!"

"야, 이놈의 자식아, 돈도 안 물어주고 어떻게 니 밭이냐? 오냐, 이 사기꾼 놈아, 니 마음대로 해 봐라. 이 밭은 아직 내 것이니 내 눈에 흙이 들어가도 나대로 농사하며 살겠다."

그런데, 정말로 그 사기꾼이 고소를 하였고, 그 촌사람이 경찰서에 가서 조사를 받다 보니, 계약서에 도장을 누른 당사자 간에 그 밭을 계약한 본금이 일억 원으로 된 채 등기명의가 이전되어 있는 거였다.

너무 분통이 터지고 도저히 못 참을 일이라, 그 촌사람 눈에서 잉걸

불이라도 금방 떨어질 듯한 기세였고 잠재해 있던 지능도 퍼뜩하게 살아났다.

"내가 남에게 이렇게 당하다니…. 이 사기꾼을 그냥 두면 안 되겠다. 내가 아무리 푼수이고 못 배워 멍청하더라도 그놈이 편안히 배 두드리며 살게는 못하겠다."

전화를 해도 그 사기꾼은 만나 주지도 않고 슬슬 피해만 다니니, 사건이 나기 전날 이미 눈이 뒤집힌 그 농사꾼이 꾀를 내기에 이른다.

"아, 사장님! 그러면 알겠습니다. 그런데, 그 밭의 길이나 넓이가 적당하고 네모반듯한 좋은 밭인데 일억 원은 너무 싼 것 같잖습니까? 내가 거래를 취소하자고는 못하겠구요. 땅값을 조금만 더 달라 하겠으니 내일쯤 한번 만나 주세요. 내가 병작으로 농사를 하고 싶기도 하구요."

이렇게 한풀 꺾이는 체하며 뒷날 그 사기꾼을 만나게 된 것이다.

용연 부근 한두기 마을 식당에서 만났다.

"사장님, 일억 원은 내가 너무 억울하니 이억 원만 더 주세요."

"안 됩니다. 이미 끝난 거래이기도 하구요."

"그러면 사장님, 일억 원만이라도 더 주면 안 되겠습니까?"

"그것도 안 됩니다. 오천만 원 정도는 생각해 보겠습니다."

"… 아이고 알았습니다. 그럼 사장님, 당분간 그 밭농사는 내가 병작을 하는 걸로 해 주시면 고맙겠습니다."

"그러시죠. 오천만 원 더 드리고 우선 오 년 병작하는 걸로 하겠습니다. 그리고 내일모레 사이에 돈도 준비해 드리겠습니다."

"아이쿠 좋습니다. 술이나 한 병 더 합시다."

이 촌사람이 정말로 고마운 듯 기쁜 듯하며 술도 많이 마시고, 앞으로 농사할 방향까지 자세히 설명을 하자, 그 사기꾼도 "이 하르방 정말로 그렇게 끝을 내려고 마음먹은 모양이군." 하고 생각하게 되었다.

말들이 부드럽게 오고 가고 마음이 놓인 이 사기꾼이 자기도 좋아하는 술이라 제법 많이 마시게 되었다.

한참 주거니 받거니 거의 다 먹고 나서, 촌사람이 남은 밥과 소금에 절인 무채까지 긁어먹은 후 등을 의자 뒤쪽으로 기대며 이쑤시개로 이를 쑤신다.

"참, 사장님 숙소 있는 곳이 저 탑동이라면서요?"

"예, 탑동 팡호텔입니다."

"그러면 나도 그쪽으로 갈 일이 있고 해서 길을 안내해 드리겠습니다."

둘이서 용연구름다리를 지나 탑동 쪽으로 갔다. 둘 다 취해서 조금은 비틀거리듯 걸었지만 가느다랗게 뜬 그 촌사람 눈은 살기가 돋아 번득였다.

탑동엘 가려 하면 무근성을 지나야 한다.

"이쪽으로 가시죠. 이쪽이 더 가깝습니다."

촌사람이 사기꾼을 안내하며 데려간다. 사람이 없는 어둑한 골목길을 걷다가 그 폐가 앞까지 왔다. 촌사람이 웃옷 안주머니에서 슬며시

고무장갑을 꺼내어 낀다. 그리곤 갑자기,

"이 나쁜 새끼!"

촌사람이 그 사기꾼 팔을 확 잡고 폐가 안으로 잡아당기며 숨겨온 식칼로 재빠르게 사기꾼의 배를 콱 찔렀다.

"컥!"

술 취한 사기꾼이 엉겁결에 그 소리만 냈을 뿐 촌사람이 입을 틀어막아 콱콱 여러 번 찌르는데도 비명 한 번 내지 못했다.

아무 소리도 못 하고 숨만 가쁘게 쉬는 사기꾼을 눕혀 놓고 그 촌사람은 두리번거리다가 폐가 안쪽을 봤다. 멀리 있는 가로등 불빛으로 아주 훤하진 않아도 집 안이 보인다. 주변에 사금파리들이 몇 개 있는 것이 보이고 그 가운데 사람 하나가 누워 있다. 누워 있는 그 사람이 숨 쉬는 것도 알 수 있고 술에 많이 취한 사람 같았다. 이미 숨이 멈춘 듯한 사기꾼을 끌고 그 집 안으로 들어갔다. 술이 취해 누워 있는 그 사람은 드르렁거리며 깊은 잠에 들어 있다. 촌사람이 눈을 이리저리 굴리더니, 죽은 사람의 피를 잠이 든 사람 손에다 몇 번 비비며 묻힌 후 칼에도 더 묻혀 놔서 잠든 사람의 손에 쥐여 주고 손가락도 구부려 놓는다. 그리고는 사기꾼의 주머니에서 휴대폰을 꺼내 들고 사방을 살피며 달아났다.

그러나 그 촌사람은 완전범죄를 생각하며 사기꾼의 휴대폰을 훔치고 자신의 휴대폰과 같이 용소 바다 깊은 곳에 던져 두고 달아났지만 한시도 마음이 편치 못하였다. 그 사기꾼에게 분풀이를 해서 분통이 덜어진 것보다 자기 때문에 죄 없는 사람이 징역을 사는 게 마음이 아프기도 하고, 비틀거리면서도 칼을 막아 보려 손을 휘젓던 그 사기꾼 모습이 자꾸 환영으로 나타나며 아무 일도 제대로 할 수가 없었고 머리가 지근거리며 잠도 토끼잠일 뿐이라 너무 힘들었다. 그래서 경찰서 앞을 갔다 왔다 세 번 만에 들어가서 자수를 한 것이다.

이게 일구가 누명을 쓰고 감옥살이를 하게 된 사건의 전말이었다.

일구는 너무 분하고 억울했다. 살인자라고 알려지게 되어 모든 사람들이 오해를 하도록 만들어 놓아 '내가 확 죽어 버려야 하겠구나…' 하며 고통스런 시간을 보내던 생각, 식구들과 친척들은 얼마나 괴로웠을 것이며, 생각할수록 너무 억울했다.

일구는 나라를 상대로 배상을 청구하였고 삼억 원을 배상받았다. 그걸 받아도 자신의 속에 들어 있는 십년병 때문에 허해진 마음은 메꿔지지 않고 뭔가가 부족하고 늘 아쉬운 생각이 가득했다.

"햐, 일구야! 너는 돈 버는 재주가 신기하다이?"

한평생 쭉 뒷받침이 돼 주는 친구 찬용이가 일구에게 웃기자고 하는 말이다.

한편, 김포공항에서 제일 가까운 경찰서에 들어간 만구.

"아, 그런 일을 저질렀군요."

"예, 죄송합니다. 그 벌을 달게 받겠습니다."

"왜 그러셨어요? 도굴범은 중죄에 해당되고 피해자와 합의가 없으면 피해보상과 징역형을 면하기 어렵습니다. 그런데, 이곳에까지 와서 자수를 한 이유는요?"

"제주도 좁은 사회에서 언론에나 나게 되면 그 말이 금방 도 전역으로 번지기 때문에 너무 창피해서요."

"아이고 선생님, 그 부끄러움이 두려운 사람이 그런 짓을 합니까?"

"잘못했습니다. 사실은, 딸아이가 금목걸이를 너무 갖고 싶어 해서요. 돈은 없고…."

"딱하긴 하네요. 아무튼, 이 사건은 제주에서 처리해야 합니다. 그쪽에 있는 관련 경찰서로 연락해서 이 사건을 이관하겠습니다."

"어쩔 수 없군요. 그러면 형사님, 제가 우리 집에 전화 한 번만 하면 안 되겠습니까? 이 내용을 집에도 알려 주고 싶어서요."

"아, 그러세요. 내가 있는 앞에서 그 내용만 간단히 전화하세요."

이렇게 해서, 만구의 도굴사건은 서제주경찰서로 넘어오게 되었고, 제주에서 경찰 둘이 서울로 와서 만구를 서제주경찰서로 호송하게 되었다. 경찰에서도 이 사건을 출입기자들에게 알리지 않았다.

이럴 즈음, 일구가 만구의 집에 전화를 했다.

"아, 형님, 잘 지내시죠? 형님은 안 계신가요?"

"네… 어흑…."

만구 각시가 갑자기 운다.

"왜 그러세요? 뭔 일 있습니까?"

오랜만에 만구가 생각나서 전화를 했는데, 만구 각시가 느닷없이 목이 메이게 울기만 하며 아무런 설명을 못하는 것이었다.

일구는 곧바로 만구가 세 들어 사는 집을 찾아갔다.

"그러니까. 형님이 그 무덤에서 도굴을 했구나양, 아이고, 불쌍한 만구 성….."

"…… 흑흑."

"알았어요. 제가 경찰서를 찾아가서 돌아가는 상황을 알아볼게요. 형수님은 너무 걱정 말고 계세요."

일구는 서제주경찰서 유치장에 있는 만구를 만났다.

"일구야, 내가 얼굴을 못 들겠구나."

"에구, 성님, 나도 성님 심정 다 이해됩니다게. 너무 걱정 마세요. 그런데 일이 어떻게 돼 가고 있지요? 그쪽 황 씨 집에서 사람이 왔었나요?"

"응. 그 할머니의 아들이 왔던데, 그냥 용서는 할 수 없고 완전한 원상복구와 정신적인 피해보상을 요구하더군."

"아, 어느 정도 요구를 하던가요?"

"아니, 금액은 말을 않고….."

"알았습니다. 내가 한번 그 사람을 찾아가 대화를 해 보겠습니다."

"아, 일구야! 정말 미안하다이. 이런 꼴을 보여서….."

"성님, 힘내세요. 너무 걱정하지 마시고예….."

일구는 황 씨네 집을 알아내고 찾아갔다. 초인종을 누르며 옛날 수정이 큰아버지를 찾아가던 생각이 문득 났다.

"그래. 용기를 내자. 무조건 무릎을 꿇고 사정을 해 보자."

집 안으로 들어오라는 그 황 씨 집주인은 외모가 점잖게 생긴 초로의 어른이었다.

일구는 그 집 거실에 들어서자마자 무릎을 꿇었다.

"선생님, 저의 형님이 지은 죄를 엎으려 사죄드립니다."

"……."

"용서를 구하려고 이렇게 찾아뵙게 되어 죄송합니다."

"그 강만구 씨와 어떤 사이죠? 당형제인가마씀?"

"아닙니다. 팔촌지간입니다."

"아, 팔촌이면 먼 친족인데…. 책임지고 대화가 되나요?"

"예, 제가 다 책임져서 말씀을 듣고 처리하겠습니다."

"… 사실, 나는 어이도 없고 그 충격에 심장이 떨려 잠도 못 자고 병원에도 다니고 있소. 절대 용서를 못한다고 생각 중이기도 하고…."

일구가 더 납작 엎드리며 고개를 숙였다.

"선생님, 선생님 마음이 조금이라도 위로 되는 방법이 있다면 말씀해 주십시오. 제가 어떤 제의라도 받아들이겠습니다."

"휴우~"

황 씨는 깊은 한숨을 쉬고 나서

"어떤 방법으로도 내 정신적인 충격은 치유되기 어려울 것이오만, 그 강만구의 사연에 동정이 가긴 하오. 그리고, 먼 형제간에도 이렇게 나서 주는 당신이 고맙기도 하군요."

긴 대화 끝에, 일구는 보상금 오천만 원 지급하는 것으로 모든 합의
를 이뤄 냈다. 그리고 다행히 그 황 씨도 이 일이 세상에 알려지는 걸
원치 않았다. 사건을 돈으로 해결했다는 말을 듣기도 싫었고, 우선 자
신의 집에 그런 일이 생겼다는 게 왠지 부끄럽기도 하다는 것이었다.

일구는 국가로부터 보상받은 돈이 있었고 만구를 위해 선뜻 대신
갚아 줬다. 그리고 만구의 딸 미라가 목에 낀 목걸이와 똑같은 걸 하
나 더 만들어다가 만구 각시에게 드렸다.

"형수님, 이제 미라가 알 리도 없겠지만, 기분이 찝찝하니 이 목걸
이를 미라가 모르게 살짝 바꿔 주고예. 그 묵은 건 버리든 어떡하든
형수님이 알아서 하십시오."

"흐윽… 너무 고마워서 어쩌지요? 흑흑."

만구 각시는 일구가 정말 고마웠고, 그 큰일이 이렇게 끝나는 것이
너무 기뻤다. 일구는 돈이 아깝다는 생각이 전혀 들지 않았고 뭔가
뿌듯한 느낌이 나며, 평생 느껴 보지 못했던 후련함이 마음에 일기도
했다.

시간이 가고 있으면 생일날은 꼭 온다. 이제 예순이다. 목숨이 오
년쯤 남았다. 그래도 늘 해 왔듯 식구들은 생일상을 차려 준다. 오늘
생일은 온 세상에 하얗게 눈이 쌓여 느낌이 아늑하다.

'해피버스데이 투유!'

죽을 날이 정해져 있지만, 아내와 두 달 전 결혼한 딸과 사위 그리고 대를 이을 아들이 합창하는 생일 축가는 제대로 불린다.

"그래도 웃어야지. 서러워하는 모습을 보이면 안 되지. 식구들 정성이 가득한 날인데…."

"우리 식구들 모두 건강하고 잘 살게 해 주세요."

촛불을 향해 양쪽 손을 모아 기도한 일구는 식구들 위해 '후~' 단번에 생일 촛불 여섯 개를 끄고 나서 "자, 다들 봤지이? 나 아직 정정하지이?" 일구가 큰 소리로 기뻐하는 모습을 보이자 식구들이 큰 박수를 친다.

문득, 꺼진 촛불 사이로 빙긋이 웃는 준기의 모습이 살며시 지나간다.

"아, 맞다. 내일은 준기 삼촌을 찾아가야지. 오래 못 가서 미안도 하고…."

일구는 사실, 생일이라도 기쁜 생각은 하나도 없고 무엇엔가 쫓기는 마음에 불안하기만 하다.

19. 회귀

이렇게 해서, 일구는 얼마 남지 않은 목숨에 쫓기고 모든 게 불안한 마음으로 준기의 산소를 찾아왔다가 들개와 까마귀들에게 죽을지도 모를 지경에 이르렀는데, 슬슬 찾아온 잠 속에서 자신이 한평생 살아온 과정이 모두 떠오르며, '정말로 내 목숨이 불쌍하고 아깝다. 어떻게 해서라도 꼭 살아야 한다' 하는 마음이 심장 가득 더 채워진 거다.

"일구야! 어서 일어나라게. 얼른 일어나 여기서 나가지 않으면 죽을 수도 있다. 오 년 남은 거 아깝지 않니? 오 년이면 네가 마쳐야 할 일들 다 할 수 있다. 어쩌다 십년병 치료제도 나올지 몰라. 확 일어나서 골짜기를 따라 제주시 방향으로 내려가다 보면 마을이 나올 것이다. 빨리 일어나서 걷고 뛰어라!"

새하얀 옷을 입고, 한 손엔 책을 들고 한 손엔 지팡이를 들고서 준기가 소리치며 재촉하는 모습이 어른거리고 환청이 들려오며 일구는 다시 눈을 떴다. 금방 얼마를 잤을까. 힘이 좀 나는 것 같다. 아직 캄캄해지진 않았고 하늘이 힘없이 뿌옇게 되는 걸 보니 곧 어두워질 거다.

'캉, 캉'

'까옥, 까옥'

들개들이 짖는 소리가 멀리서 나고 까마귀들이 주변 나뭇가지에 주렁주렁 달려 있다.

"맞다! 살아야지, 오 년이면 나를 잘 마칠 수 있다. 내가 여기서 죽고 까마귀 밥이 돼 버리면 집사람과 아이들이 얼마나 기다리며 걱정을 할 것인가. 그래, 강일구! 힘내자. 가자! 내가 움직이면 저 까마귀들도 날 뜯어먹으려고 덤벼들지 못할 것이다."

일구는 가시덤불 틈에서 나왔다. 일구가 나오는 걸 본 까마귀들이 한꺼번에 파닥파닥 날개 치며 날아오른다. 일구의 몸에 소름이 돋는다.

"살아야지."

일구는 눈 묻은 골짜기 낮은 쪽 편으로 거의 기어가듯 천천히 내려가기 시작했다. 심하게 꼬불꼬불한 골짜기였지만 다행히 작은 골짜기여서 높은 절벽이 없었다. 미끄러워 여러 번 넘어지면서도 그때마다 몸을 일으키며 죽기 살기로 기고 걸었다. 겨울인데도 땀이 솟구친다. 이마와 양쪽 볼을 타고 굵은 땀방울이 떨어진다.

"살아야지!"

그로부터 한 시간쯤 지났을까. 하늘은 시커멓고 주변도 어두워졌지만 골짜기에 쌓여 있는 눈이 앞으로 나가는 데 큰 도움이 됐다.

그러다가 움푹하게 패인 곳을 넘어서는 순간, 멀리 희미한 불빛이 보인다.

"아, 살았다. 그런데 이 골짜기에 무슨 불빛일까?"

일구는 불빛이 있는 쪽으로 가로질러 조심조심 다가갔다.

골짜기에서 구석진 거길 가 보니 숲 앞에 싸리 따위로 엮어 지은 원두막 비슷한 초막 하나 기울어지게 지어져 있고, 사람 하나 기어 다닐 정도의 틈만 남겨 두고 사방 모두 돌을 쌓고 흙을 바른 집이었다. 사람이 다니는 입구도 큰 널판으로 막는 모양인지 그 널판이 집 앞쪽에 세워져 있었다. 그 안에 불이 켜져 있는데 인기척은 없고 초막 밖에 자그마한 솥단지 하나가 얹혀 있었는데. 그 솥 밑엔 새카만 그을음이 두껍게 붙어 있었다.

그 집 뒤편으로 돌아가 보려고 걸음을 옮기는데 눈 속 뭔가에 미끄러지며 살펴보니 오래되고 버려져 거의 납작해진 무덤이 있었다. 자세히 보니 떡갈나무들 밑동 사이에 무슨 뼈들인지 즐비하다. 발에 밟히며 달그락거린다. 공동묘지 가시덤불에서 본 해골이 생각나며 머리끝이 쭈뼛하다.

"어떡하지?"

주저주저하는데,

"거 누구요?"

기척이 없던 사람이 갑자기 지르는 소리에 소스라치게 놀란 일구는 하마터면 쓰러질 뻔했다.

정신 차리고 뒤돌아보니, 새하얀 곱슬머리에 좀 달랑해 보이는 개구멍바지 비슷한 옷에 주름살이 깊고 얼굴이 동그랗게 생긴 나이 든 하르방이 토시까지 찬 손에 큰 망치 하나 들고 일구를 흘기는 게 아닌가.

"아이구, 하르바지! 제가 길을 잃고 다니다 여기까지 오게 되었는데 좀 도와주십시오. 제주 시내에 있는 집에 가려고 이렇게 헤매고 있습니다."

일구는 그간이 사정을 대충 말했다.

"아, 그렇습니까? 고생이 많았겠네마씀. 난 혹시 개수작이라도 하고 밭걸이를 걸며 시비하려는 나쁜 사람인가 했죠."

고집쟁이처럼 생겼고 거칠며 억세게 생긴 그 하르방은 금방 뭘 먹었는지 트림을 하는데, 얼굴을 보니 마음이 풀어진 것 같았고 일구에게 집으로 들어오라고 청했다.

집에 들어가서 안쪽을 살펴보니, 들어오는 바람에 깜빡거리는 불은 옛날 전기가 없을 때 쓰던 호롱불이었고 성냥통과 성냥개비가 널려 있는 바닥엔 짚으로 만든 깔개와 여러 가지 골판지들이 깔려져 있었다. 베개는 나무토막 잘라다가 그 위에 수건을 덮은 것이었다. 집 앞 안쪽 벽엔 사냥한 지 얼마 안 된 새끼 노루가 죽은 채 물구나무를 서 있었고….

"이제는 걱정 마세요. 요 뒤쪽으로 나가서 십 분만 가면 동네가 나오고 차들도 다닐 테니까양…."

"네, 고맙습니다예. 근데, 하르바진 여기서 혼자 사십니까?"

"허허, 세상살이가 보기 싫어서 어떡합니까. 그냥 죽어 버리지도 못하고 해서 여기에 와서 살고 있는데, 늙은이라도 조용하게 살 수 있으니 참 좋습니다. 누가 뭐라 잔소리도 없고…. 허허허."

그 하르방은 삼 년 전부터 그곳에 살고 있는데, 한 달에 한 번쯤 시내에 나가 먹거리와 필요한 물건들을 조금씩 사서 오고, 거기에선 꿩이나 노루와 들개도 잡아먹는 모양이었다. 아까 그 뼈들이 그 흔적들이었고 손에 든 망치는 아마도 그것들을 잡는 데 쓰는 모양이었다. 일구는 그 하르방의 말을 듣다 보니 나쁜 사람이 아닌 걸 알 수 있었고 마음이 편안해지며 몸도 나른해졌다.

그때다.

이런저런 말을 나누고 있는데, 일구가 내려오던 방향에서 사람들 웅성거리는 소리가 나더니 차츰 더 가까이서 수근거리다가 경찰 셋이 숨 가쁘게 내려오며 말했다.

"혹시 강일구 씨?"

"예 맞습니다." 하며 일구는 반가운 김에 그 사람들에게 달려갔다.

"아, 여기서 찾았네요. 우린 112대원들입니다. 112에 신고가 들어오고 나서 금방 휴대폰이 꺼져 버리니까 급하게 위치를 추적하며 출동하였고 그 눈 묻은 공동묘지에 있는 발자국을 따라 여기까지 왔습니다. 그러나저러나 큰일이 없는 것 같아 다행입니다. 옷에 핏자국이 있는 걸 보니 많이 다친 모양이군요. 가시죠. 우선 병원으로 모셔 드릴 테니…."

일구는 그제야 마음이 풀어지며 눈물이 나올 듯하였고 오금이 저린 것도 느껴지며 온몸 이곳저곳이 아리고 따끔따끔 아픈 것도 알 수 있었다. 거기에 있는 사람들 모두 너무 고맙단 생각과 '세상은 따뜻하기도 하구나'를 느꼈다.

"정말 고맙습니다예. 정말 고맙습니다예!" 여러 번 고개를 수그리며 인사를 하고 경찰들을 따라나섰다.

보통 사람 강일구는 다시 일상으로 돌아왔다.

오 년 남은 목숨. 십년병 치료제가 나오기를 기다리며, 농사나 지으며 조용히 지내기로 작정했다.

일구네는 집과 붙어 있는 자그마한 텃밭이 있다. 아주 오래전 옛날 친하르방이 띠밭을 개간하여 만든 밭이라 한다.

대물림한 밭인데, 일구도 아직까지 버티며 지켜오는 자그마한 텃밭이다. 옛날 모습 그대로 정주목에 정낭도 걸쳐 두는 이 밭은 여러 가지 곡식과 채소를 심고 일구네가 살아가는 데 크게 도움이 되기도 한다.

메주를 삶는 푸른 콩도 심었다가 된장도 담그고 밭 구석에 돋아나는 양하의 자주빛 꽃을 뜯어다 양하꽃장아찌도 만들어 먹고, 양지 바른 곳이라 어떤 걸 심어도 농사가 잘되는 밭이다. 밭 구석엔 열매가 떫은 재래종 감나무와 단풍이 곱게 물드는 단풍나무가 한 그루씩 있다. 단풍나무는 잘못 뻗어 가는 가지를 잘 잘라 주며 오랫동안 일구가 보기 좋게 키워 온 것이다. 떫은 감으론 해마다 광목천이나 무명에 감물을 들여 갈옷 재료를 만들기도 한다.

어느 초가을 하루.

아침 일찍 안개가 끼고 안개비도 내리더니, 정오가 넘어서니 아지랑이도 나고 하늘이 맑아지며 한라산 봉우리도 환하다.

"여보, 수제비나 만들까마씀?"

"응. 그러지."

마당에 보기 싫게 뻗어 가는 향나무를 뒤적이며 다듬던 일구가 각시가 묻는 말에 대답을 한다.

일구 각시는 꼼꼼하기도 하고 부지런하다. 일구는 아내가 수제비에 필요한 나물을 뜯으러 텃밭으로 들어가는 걸 보면서 말했다.

"여보, 얼굴에 복면포라도 쓰고 가야 돼. 두껍고 소매가 긴 옷을 입고… 벌이나 날아들는지…."

"알았어요."

대답하면서도 아내는 옷만 소매 긴 걸로 입고 얼굴에 쓰는 벌 방지용 복면포는 답답해서 쓰지 않은 채 밭으로 갔다.

밭에 들어서니, 슬근슬근 썰어 물바가지나 만들어 보려고 심어 둔 박이 아직은 새파랗다. 늦게 달린 호박이 자기도 목숨이라고 둥글게 커 가고 방울토마토들이 동글동글 익어 간다. 깻잎은 미리미리 안 뜯어 간다고 화난 듯 빳빳한 얼굴들이다. 옥수수들이 불룩하게 여물어 가고 베어 버린 부추가 자잘하고 가느다란 새싹을 파릇파릇 다시 내밀고 있다.

밭 구석 작은 돌무더기를 품은 으름이 물컹하게 익어 가고 머귀나무에 붙어 있는 매미 껍데기가 살아나 소리를 낼 것 같다.

어떤 나물을 뜯고 갈까 생각하며 일구 각시가 밭 주변을 돌아보는 사이에 고개 기울였던 밭 구석 해바라기는 비춰 오는 맑은 해에게 고개 번쩍 들고 마주한다.

해바라기가 요즘 한창 고울 때다. 가까이 가지 말걸, 일구 각시가 그 꽃 앞으로 갔다.

'부우웅!'

일구 각시가 깜짝 놀란다.

소왕벌이다.

"아, 복면폴 쓰고 올걸…."

벌이 주변을 날아다닌다.

"아이쿠, 큰일 났네이."

자세히 보니 해바라기 꽃송이마다 소왕벌들이 붙어 있다.

"여보, 여기 소왕벌들이 많이 있어요. 달려들 것 같아요. 큰일이에요."

소리를 지르는 각시 소리에 마당에 앉았던 일구가 벌떡 일어서서 집으로 들어가더니 복면포를 쓰고 손에는 파리채와 벌총을 들고 텃밭으로 달려갔다.

아내는 밭 구석에 엎드려 있고 그 주변엔 소왕벌들이 '와앙왕' 날아다닌다.

저 벌들을 건드리면 안 된다. 위험하다.

"내가 살피겠으니 뛰지 말고 굽은 채로 살살 집 쪽으로 가!"

각시가 웅크린 자세로 천천히 움직인다.

그때 그만,

참새 떼가 날아들어 해바라기꽃마다 파닥이며 앉는다. 꽃에 있던 벌들이 공격을 받은 걸로 생각한 모양인지 일제히 나서서 날아다니기 시작한다.

일구가 '휘이 휘이~' 하며 새들을 쫓아냈지만 벌들은 움직이는 사람을 향해 덤벼든다. 달아나는 일구 각시 등에다 네 마리가 붙었다. 일구가 달려가서 등에 붙은 벌 두 마리를 파리채로 탁탁 쳐서 떨어트린다. 벌들이 일구에게로 달려든다. 일구는 에프킬라 식으로 된 벌총을 쏘았다. '쏴아악~' 소리와 함께 나간 불꽃에 맞은 벌이 거멓게 타며 아래로 떨어진다.

"빨리 달아나!"

"아이고 나 등이야."

일구 각시가 벌에 쏘였다. 일구가 달려가서 파리채로 때려 떨어트리긴 했지만 각신 벌써 벌에 쏘여 버린 후였다.

"아쿠, 나도 쏘였네."

달려드는 벌을 향해 일구가 벌총으로 하나씩 떨어트려 가는 와중에 한 마리가 일구의 등을 따끔하게 쏜 것이었다.

일구야 십년병 바이러스를 가진 벌에 쏘여 이미 십년병에 걸려 있지만 아내가 큰일이다.

지체 없이 곧장 병원으로 달려갔는데, 다행히도 일구 각시를 쏜 벌은 십년병 바이러스가 없는 벌이었다.

십년병에 걸린 사람이 다시 그 바이러스를 맞아도 심장기능이 길어지는 게 아니라고 발표됐다. 그리고 아직까지 원망스럽게도 십년병은 치료제를 찾아내지 못하였고 세월은 무정했다.

십년병 시간이 다 된 일구는 온몸에 힘이 차츰차츰 없어져 갔다. 일어서니 이리 비틀 저리 비틀 몸이 나른하고 기력이 하나도 없다. 사용 중인 건전지 유효시간이 다 된 로봇이 뭉그적거리다가 서서히 멈춰져 가듯….

명이 다 된 모양이다. 일구는 자신이 어디론가 갈 준비에 있다는 걸 느낀다.

뜻도 없는 말이 저절로 중얼거려지며 바깥세상을 봤다. 파란 하늘을 향해 팔을 벌린 큰 팽나무가 자신을 보고 있다.

일구가 정신을 가다듬고 말을 해 본다.

"잘 있어라. 너는 오래오래 살아야 한다. 날 잊지 말고이…."

팽나무에게 하는 말은 그의 심장이 간절하게 하는 말이다. 팽나무 가지 사이 하늘 위에서 어머니와 준기가 내려보는 것 같다.

"아, 어머니, 저 이제 거기로 갑니다. 여기에서 하지 못한 효도를 거기에서 열심히 할게요. 흑흑흑."

눈물이 흐른다. 심장에서부터 올라온 기나긴 눈물 줄기가 방바닥으로 뚝뚝 떨어진다.

"마음은 심장에 있는 것. 차분하게 심장과 함께 가자…."

그런데, 그런데, 내가 한 일이 뭐 있지? 기억에 없이 태어나고 지금 죽는 건 기억이 될까? 내 심장을 어떻게 버리지? 어떻게 숨을 마치지? 아, 무섭다. 죽고 싶지 않다. "어머니, 저 죽고 싶지 않아요. 살 수만 있다면…. 살 수만 있다면, 어떤 일이라도 다 할 수 있을 것 같아요. 어머니~!"

순간, 입 속에 이가 저절로 바각거려지고 숨이 잘 쉬어지지 않는다.

'재깍, 재깍, 재에깍, 재에에깍…'

벽시계가 일구 심장의 박동 숫자를 세고 있다.

방에서 일어나 휘청거리다가 다시 누워 호흡이 할딱거리는 걸 본 일구 각시가 울며불며 119에 전화를 한다.

"여기 사람이 죽어 가고 있습니다!"

어스름은 있어도 희미하게 밝아 오는 새벽, 한라산 아래 중산간에 우뚝 선 '한라국제병원'.

의사 선생이 말한다.

"묵은 심장은 보완해도 쓰지 못하고 멈추게 되니 '인공심장'으로 바꾸는 수술을 했습니다. 다행스럽게도 수술이 성공하여 제대로 된 박동이 진행되고 있고 잠시 후엔 환자도 깨어날 겁니다."

일구는 아까부터 의사 선생이 하는 말을 다 듣고 있었다.

'그러니까, 내 명이 이어졌다는 말이구나. 그러면, 기뻐서 심장이 두근두근 뛰어야 할 텐데, 왜 가슴속이 이렇게 차갑지? 내 마음이 죽어버린 모양이다. 살아 있는 게 하나도 기쁘지 않다. 이거 왜지?… 목숨에 매달려 이 악물고 집착했었는데… 이게 뭐야?' 어지러운 꿈자리에서 깨어나 멀뚱멀뚱 천장만 바라보듯 심드렁하다.

눈을 가만히 감은 채, 자기가 살아 있는 것도 알겠고 의사 선생 말을 들으며 그간에 있었던 일들이 다 짐작된다. 그런데 눈을 뜨고 싶지 않다.

온갖 생각들이 떠오른다. 배고픈 다리에서 내에 휩쓸려도 살아났던 생각, 어머니 생각, 각시를 처음 만나던 날 그 목소리, 아깝고 착한 식구들과 귀여운 손자들, 먹고살기 위해 죽자 사자 다니던 회사와 호랑이질로 잔소리하던 높은 어른, 그동안 겪었던 수많은 사람들과 일들, 새집 상량식 날, '저세상에 가도 이 세상을 보고 살피며 살겠지? 하며 가다오다 실없는 말로 웃기다가 성큼성큼 걸으면서 뜨덤뜨덤 시

를 읊던 준기, 춘식이, 필추, 교도소의 총소리, 당구장에서 깔깔거리
던 친구들, 피 묻은 무근성 폐가, 아, 그 들개와 까마귀 떼, 모두 눈에
생생하다. 그런데, 모두가 멀리 있는 남들 이야기 같다. 하나도 따뜻
하질 않다. 가슴속이 겨울밤 무눈 맞은 동백나무 꽃잎처럼 차갑다.

"아버지! 여보!"

눈물 줄줄 흘리며 기쁘게 부르는 소리에 눈을 가늘게 뜨고 봤다. 누
구에게도 반가운 마음이 안 생긴다. 죽을 건데 살았으니 심장이 두근
두근 뛰어야 하는데 그저 무관심해진다.

일구는 눈을 뜨고 싶지 않았다. 세상이 부서진다고 하더라도 난 아
무렇지도 않다. 의사 선생도 안 반갑고, 세상에 어떤 것들도 반갑지가
않다.

"아, 이거 왜 이러지? 따뜻한 내 심장! 어디로 갔지? 피통이 차갑기만
하다. 온몸에 차가운 피가 흐르는 게 느껴진다. 냉혈인간이 된 건가….

갑갑하다. 세상에 아무것도 존재하지 않았으면 좋겠다. 모든 게 싫
다. 어딘가로 혼자 나갔으면… 아, 그냥 천길만길로 배낭여행이라도
갔으면…."

일구가 퇴원하고 한 달쯤 지난 무렵.

나라에서는 십년병 치료제 개발이 중요한 고비를 넘겨서 아주 희망
적이라고 발표했다.

밭에 있는 보리와 새로 나오는 나뭇가지들이 길쭉길쭉 길어지고,

제주섬 가득 육지에서 온 관광객들이 배낭을 지고 이곳저곳 갖갖 꽃들과 풍광을 실컷 구경하러 다니는 따뜻한 봄날 아침.

두모악라디오방송 뉴스가 차 속에 나오는 게 들린다.

"어젯밤 자정을 갓 넘은 시간에, 예순은 넘은 듯한 남자 하나가 배낭을 등에 진 채 탑동 바다로 뛰어드는 걸, 밤낚시하던 사람이 발견하고 119에 신고를 했는데 소방관과 경찰과 잠수부들이 밤새워 찾아봐도 아무런 흔적이 나타나질 않는다고 합니다."

ⓒ 양전형, 2022

초판 1쇄 발행 2022년 2월 2일

지은이   양전형
펴낸이   이기봉
편집   좋은땅 편집팀
펴낸곳   도서출판 좋은땅
주소   서울특별시 마포구 양화로12길 26 지월드빌딩 (서교동 395-7)
전화   02)374-8616~7
팩스   02)374-8614
이메일   gworldbook@naver.com
홈페이지 www.g-world.co.kr

ISBN   979-11-388-0606-0 (03810)